Du gehörst bestraft

von Drea Summer

dreasummerautor@gmail.com
Facebook: Autorindrea

AF200824

1. Auflage, 2019
© Alle Rechte vorbehalten.

Herstellung und Verlag: BoD – Books on Demand, Norderstedt
ISBN: 9783749486670

Lektorat/Korrektorat: Lektorat TextFlow by Sascha Rimpl
Covergestaltung © Dream Design Cover and Art
Covermotiv:
https://www.shutterstock.com/imagephoto/photowooden-coffin-graveyard-61699549

Du gehörst bestraft

Kriminalroman

Mehrere mysteriöse Entführungsfälle erschüttern ganz Deutschland. Einige der Opfer tauchen nach Tagen wieder auf und berichten von seelischen sowie körperlichen Folterungen und einem Hexenkult, der in den Wäldern sein Unwesen treibt.

Die Autorin Drea Summer verweilt gerade in München, um eine Lesung zu veranstalten. Als ganz in der Nähe, im Perlacher Forst, ein weiteres Entführungsopfer aufgefunden wird, erwacht Dreas detektivisches Gespür. Aufgrund der hilflos erscheinenden Polizei nimmt sie gemeinsam mit ihrem Mann, einer Buchbloggerin und einem angehenden Reporter die Ermittlungen selbst in die Hand.

Doch bald darauf geraten die vier in das Fadenkreuz einer hochgefährlichen Gruppierung.

Bibliografische Information der Deutschen National-bibliothek. Die Deutsche Nationalbibliothek verzeich-net diese Publikation in der Deutschen National-bibliografie; detaillierte bibliografische Daten sind im Internet über http://dnb.dnb.de abrufbar.

2019, Drea Summer

Herstellung und Verlag:
BoD – Books on Demand, Norderstedt

ISBN: 9783749486670

1

Bottrop, Freitag nachts (in 10 Stunden)

Bereits das Klicken des Türschlosses jagte Sören eine Gänsehaut über den Rücken und brachte seinen Puls auf Touren.

Wie lange musste er hier noch aushalten? Wie viele Prüfungen musste er noch bestehen? Waren es Prüfungen oder nur der Vorgeschmack auf den bitteren Tod, der ihn erwartete? Welche Qualen musste er noch ertragen, bevor Gott ihn endlich zu sich nahm? Nichts wünschte er sich mehr, als zu sterben!

Er quälte sich langsam aus seiner Liegeposition hoch und stützte sich mit der rechten Hand auf dem Beton ab. Trotz der Hitze, die hier herrschte, und der stickigen Luft, die man fast zwischen den Fingern spüren konnte, war der Boden eisig kalt. Die Schmerzen zogen sich durch seinen ganzen Körper. Das Knien auf dem Rohrstock gestern – oder war es doch heute erst gewesen? – hatte seinen Muskeln noch den Rest gegeben. Er hatte keine Ahnung, wie lange er bereits hier war. Tage oder Wochen? Gefangen in einem dunklen Loch, in dem es abartig nach Fäkalien stank. Immer wieder wurde er unter Drogen gesetzt. Er vermutete, dass diese in den Fraß gemischt wurden, den man ihm vorsetzte. Vermutlich war es

Hundefutter. Es schmeckte einfach beschissen. Aber wenn man Hunger hatte, dann aß man bekanntlich alles.

Die Hände, die ihn an seinen Schultern packten und auf die Füße zogen, bohrten die Fingernägel tief in sein Fleisch hinein.

»Steh auf, du Drecksack«, sagte die Frauenstimme. »Heute habe ich mir etwas Besonderes für dich ausgedacht.« Ein lautes Lachen und eine Ohrfeige folgten.

Sören zitterte am ganzen Körper, als sie ihm, wie schon etliche Male zuvor, die Augenbinde um den Kopf zurrte. Er schmeckte Blut in seinem Mund. Durch den Schlag war wohl seine Lippe aufgeplatzt.

»Das ist gut. Du siehst nichts.« Wieder ein lautes Lachen. »Komm schon. Wir müssen los.« Sie zerrte an seinem Oberarm.

Er setzte vorsichtig einen Fuß vor den anderen. Unter den nackten Fußsohlen fühlte er nach wenigen Schritten den Waldboden. Es musste Nacht sein, denn die kühle Luft legte sich wie ein Schleier auf seine Haut. Ganz in der Nähe hörte er den Schrei eines Tieres.

»Bitte!«, flehte er sie mit brechender Stimme an. »Ich gebe dir alles, was ich habe. Aber bitte lass mich frei!«

Statt einer Antwort zog sie fester an seinem Arm. Er verlor das Gleichgewicht und fiel auf die Knie. Die kleinen Äste bohrten sich in sein Fleisch wie Stiche mit einem stumpfen Messer. Ein Schrei entrang sich seiner Kehle, und der Schmerz fuhr ihm durch Mark und Bein.

»Schrei nur. Dich hört hier sowieso keiner. Und jetzt steh endlich auf. Wir müssen weiter.«

Mühsam raffte er sich wieder auf. Mit jedem weiteren Schritt wuchs die Angst, was jetzt auf ihn zukommen würde. Jede Zelle in seinem Körper riet zur Flucht, wie etliche Male zuvor. Doch wie konnte er diesem Albtraum entkommen?

Vor Tagen oder Wochen hatte er friedlich in seinem Bett geschlummert und war durch ein Geräusch geweckt worden, das ihn mitten in der Nacht aus dem Schlaf geholt hatte. Noch bevor er wirklich begreifen konnte, was um ihn herum geschah, spürte er den Einstich in seine Halsschlagader, der ihn in eine Art Dämmerzustand versetzte, aus dem er bis zum jetzigen Zeitpunkt nicht wieder erwacht war.

Er war mit seiner Entführerin mitten in einem Wald, das war das Einzige, was er mit Bestimmtheit wusste. Plötzlich roch er Rauch. *Die will mich doch nicht auf einem Scheiterhaufen verbrennen?,* schoss es ihm durch das Hirn. Seine Glieder versteiften sich, als sie stehen blieb und seinen Arm losließ. Sein Herz raste, und sein Mund war staubtrocken wie die Wüste Gobi. Seine Zunge klebte am Gaumen. Er stand wie angewurzelt da, und plötzlich

hörte er einen Singsang, der wie eine Art
Beschwörungsformel auf ihn wirkte.

Indulge, fatum, nobis exorcizare cupiditatem, retundere
cupiditatem, expellere cupiditatem. Per ego atram
caliginem iuro, te extraham ex cupiditate. Divites
reveniemus. Exorcizamus te, anima arcana, catenisque
exsolvo. Per ego oro measque, fatum, tuasque sorores
opertae noctis et fatidicae.

Mehrere Frauenstimmen erklangen um ihn herum. Immer
und immer wieder wiederholten sie diesen Gesang.
   Bin ich hier in einem Hexenzirkel gelandet?
   »Was ist hier los? Was wol…«, sagte Sören noch,
bevor er den eiskalten Windhauch auf seinem Rücken
spürte und das Klebeband auf seinen Mund geklatscht
wurde.
   Was habe ich den Frauen getan, dass sie mich töten
wollen?
   Der Rauch strömte in seine Luftröhre, und er hustete.
Vor seinem geistigen Auge taten sich Abgründe auf. Er sah
das Feuer, das unter ihm brannte, und wie die Flammen
nach seiner Haut züngelten. Doch all das sollte nicht so
kommen, wie er es sich vorgestellt hatte. Es wurde noch
viel schlimmer.

2

›*Spieglein, Spieglein an der Wand, wer ist der Schönste im ganzen Land?*‹ Als Drea diesen Satz zu Ende gelesen hatte, klappte sie ihren Laptop mit voller Wucht zu. Frustriert vergrub sie ihr Gesicht in den Händen und seufzte. Eine braune Locke wurde in die Finger mit eingeklemmt.

»Wer will denn so einen Schwachsinn lesen?«, sagte sie zu sich selbst. »Ein Thrillermärchen. Pah! Das war ja eine tolle Idee, die du da hattest.« Sie atmete tief ein und überlegte. Schließlich waren die Leser bisher einiges von ihr gewohnt. Prinzipiell ging es in ihren Büchern immer um brisante Themen, die in der heutigen Zeit aktuell waren. *Aber ein Märchen? Wie soll ich das bloß umsetzen? Ein Prinz, eine Prinzessin und eine böse Stiefmutter. Toll! Und dann bringt die Prinzessin ihre Stiefmutter und den Prinzen um, weil die beiden ein Verhältnis haben, und brennt schlussendlich mit dem armen Müllersjungen durch. Und sie lebten glücklich bis an ihr Lebensende.* Drea lachte laut auf. »So eine blöde Idee«, murmelte sie vor sich hin.

Plötzlich klopfte es an der Tür ihres Arbeitszimmers, und ihr Lieblingsmensch trat ein.

»Schatz? Mit wem redest du? Bist du fertig? Wir müssen los.« Michael kam näher zu ihr. Er blickte zuerst auf den geschlossenen Computer und dann zu ihr. »Haderst du mit deinen Ideen? Wollen deine Protagonisten nicht so, wie du es willst, oder was ist los?« Er schaute sie mit seinen braunen Augen an.

Drea zog eine Schnute. »Ach, das war eine doofe Idee mit diesem Märchen. Das ist doch kein Thriller. Das ist Kinderkacke.«

»Aber wer behauptet denn, dass es ein Märchen sein muss, das es bereits gibt? Warum schreibst du nicht ein neues Märchen? Lass dir was einfallen. Du bist doch sonst so kreativ.«

Noch während er mit ihr sprach, stand Drea von ihrem Stuhl auf und öffnete den Kleiderschrank. Sie zog das weiße T-Shirt mit dem Aufdruck ihres Österreichthrillers aus dem Kasten.

»Stimmt. Mir fällt schon was ein.« Ein Lächeln krönte ihre Aussage, allerdings fühlte sie, dass sie selbst nicht ganz davon überzeugt war.

Auch Michael schien das zu merken. Schließlich waren die beiden seit über zehn Jahren ein Paar, und er kannte sie besser als sie sich selbst. Doch außer einem Schulterzucken kam keinerlei Reaktion von ihm, denn er wusste, in ihrer momentanen Verfassung brachten weder

Zuspruch noch Widerworte etwas. Somit verließ er den Raum und ließ Drea allein.

Minuten später trat sie aus dem Arbeitszimmer hinaus. Heute war ihr Tag. Eine Lesung in einer großen Buchhandlung stand an. Schon vor zwei Monaten hatte sie diese kleine Wohnung in Schwabing angemietet. Michael hatte ein wenig gemault, weil sie sich im ersten Stock eines Mietshauses befand und es keinen Lift gab. Doch das Haus lag in einem ruhigen Wohngebiet, und Ruhe war das, was Drea zum Schreiben brauchte. Und auch Michael ging des Öfteren auf den Balkon und genoss den Blick auf den Englischen Garten. Bereits seit Wochen fieberte sie diesem Tag entgegen. Doch das heutige Schreibergebnis hatte ihr die Laune gehörig vermiest.

»Schatz? Hast du dir auf dem Stadtplan angesehen, wie wir in die Buchhandlung kommen? Wir sollten schon wissen, welche U-Bahn wir nehmen müssen.« Michael rief ihr die Worte aus dem Nebenraum zu, der aus einer Kochnische mit einem kleinen Esstisch bestand.

Drea verdrehte ihre Augen. »Ja, hab ich. Ich hab mich darum gekümmert. So wie immer halt.«

Michael schaute um die Ecke und zwinkerte ihr zu. »Deine schlechte Laune lässt du aber bitte zu Hause, ja?«

Fast automatisch zogen sich Dreas Mundwinkel nach oben. Ohne dass sie es wollte. Er schaffte es immer wieder, sie aufzumuntern. Jedes Mal. Sie schaute auf die große Uhr, die an der Wohnzimmerwand hing. Noch zweieinhalb Stunden, dann ging es los. Ein mulmiges Gefühl breitete sich in ihrer Magengegend aus. Über hundert Leute wurden erwartet. Hundert Leute, die eine Stunde lang an ihren Lippen hängen würden und ihr gespannt zuhörten. Zumindest hoffte sie das. Natürlich war dies nicht ihre erste Lesung, doch ihre erste in Deutschland vor so einer Menschenmasse. Bisher hatte sie ihre Veranstaltungen auf Gran Canaria abgehalten. Ihrem Wahlzuhause. Auf einem weißen Plastikstuhl, irgendwo in einem Lokal unter Palmen. Wieder kam ihr die Liste der eingeladenen Gäste in den Sinn. Journalisten, Personen des öffentlichen Lebens Buchblogger, Fans – alle hatten zugesagt. *Da darf einem der Arsch ruhig auf Grundeis gehen.*

3

München, Freitag nachmittags

Alexander Hoflechner packte seine Habseligkeiten in eine Reisetasche, da hörte er die Stimme seiner Mutter aus dem Untergeschoss. »Alexander? Nimm auch deine langen Unterhosen mit. Es ist kalt in München. Dort geht immer der Wind.«

»Ja, Mama.« Alexander seufzte. Auf keinen Fall würde er die langen Unterhosen mitnehmen. Und sie würde es nicht merken, weil er seine Sachen selbst packte. Schließlich war er dreiundzwanzig Jahre alt und kein Baby mehr. Minuten später stand er mit seiner Tasche und seiner Spiegelreflexkamera um den Hals im Erdgeschoss. Gerade eben strich er seine blonden Haare nach hinten und band sie mit einem Gummi zu einem Pferdeschwanz. Seine Mutter drückte ihm wie immer einen Kuss auf die Wange. Er ließ es über sich ergehen. Er hasste es, wenn sie das machte. Doch einen Lichtblick gab es. Seitdem er den Job bei der *Süddeutschen Zeitung* bekommen hatte, hatte er sich einige Geldscheine zur Seite legen können und sparte auf die Kaution für eine eigene Wohnung. Seine erste Wohnung. Allein. In Freiheit.

Keine lästige Mutter mehr, die ihn mit ihrer Fürsorge quälte. Keine Tante mehr, die ständig zu Besuch kam, ihn in seine Wange kniff und wegen seiner Pausbäckchen aufzog. Keinen kleinen Bruder mehr, der sich in seinem Zimmer austobte, wenn er auf der Arbeit war.

»Tschüs, Mama. Wir sehen uns morgen, ja?«

»Ich habe dir ein paar Brote für unterwegs geschmiert. Nicht dass du mir vom Fleisch fällst.« Sie reichte ihm die hellblaue Brotdose mit dem Spiderman-Aufdruck. Genervt blickte er darauf, dachte an die zwanzig Kilo zu viel auf seinen Rippen, nahm den Proviant wortlos entgegen und verstaute ihn in seiner Reisetasche. *Nur keine Widerworte, sonst komm ich hier nie weg.*

»Danke, Mama«, sprach er noch, drehte sich um und schritt über die Schwelle, als er seine Mutter mit ernster Stimme hinter sich hörte.

»Alexander Gerhardt Hoflechner! Hast du nicht etwas vergessen?« Als er sich zu ihr umdrehte, tippte sie sich auf ihre Wange. Auf die Seite, wo dieses furchtbare Muttermal war, aus dem ein langes schwarzes Haar ragte. Ihm schauderte es bei diesem Anblick, also küsste er sie auf die andere Seite. Keine Frage, Alexander liebte seine Mutter. Mehr als alles andere auf dieser Welt. Allerdings war sie ihm zeitweise einfach *zu viel* Mutter. Ein Muttertier, das seine Jungen behütete wie ihren eigenen Augapfel und zu einer wilden Bestie wurde, wenn das

Junge nicht das bekam, was sich das Muttertier so vorstellte.

Schlimmer kann es einen wohl kaum treffen. Doch, kann es, schloss er den Gedanken für sich ab und lächelte stumm in sich hinein.

***

»Hey Basti«, sagte Alexander, als er in das Auto seines Arbeitskollegen stieg. Dieser hatte wie immer seine schwarzen Haare mit einem Kilo Gel nach hinten gekämmt, sodass sie wie eine Speckschwarte in der Sonne glänzten. Vermutlich dachte er, dies mache ihn jünger, als er tatsächlich war. Midlifecrisis oder so. »Danke, dass du mich mitnimmst. Mit der Bahn hätte ich wieder ewig gebraucht.«

»Klar doch. Wir haben den gleichen Weg. Und die paar Meter mehr mit dem Auto sind ja kein Umweg für mich.«

Alexander warf seine Habseligkeiten auf die Rückbank und lehnte sich entspannt zurück. Zumindest versuchte er es. Die innerliche Anspannung, die dieser Auftrag mit sich brachte, spürte er auch körperlich. Sein Nacken war steif und erzeugte ein leichtes Druckgefühl in seinem Kopf. Heute ging es um alles oder nichts. Das war seine Chance, endlich eine feste Anstellung bei der Zeitschrift zu bekommen und die Chance auf einen Posten als Journalist. Damit könnte er sich auch den Traum der eigenen Wohnung erfüllen. Bis zum heutigen Tag hatte es nur für das *Mädchen für alles* gereicht. Damit musste von nun an endgültig Schluss sein.

»Du siehst nervös aus«, sagte Basti nach einer Weile. »Aufgeregt?«

»Ja, schon ein wenig.«

Basti lachte auf. Durch seine tiefe Stimme klang sein Lachen eher wie das *Hohoho* des Weihnachtsmannes. »Den Schweißperlen auf deiner Stirn nach zu urteilen, eher mehr als weniger.«

»Ach, lass mich doch in Ruhe«, sagte Alexander und wischte seine Worte mit einer Handbewegung fort. »Du bist ein alter Hase. Du hast Erfahrung. Ich mache das zum ersten Mal.«

»Komm, mach dir doch nicht gleich ins Hemd. Klar, ich hab nicht nur mehr Berufserfahrung als du, sondern bin auch doppelt so alt wie du.« Wieder lachte er. »Einmal ist immer das erste Mal. Du wirst sehen. Du schaffst das mit links. Ich bin ständig in deiner Nähe. Du kannst mich jederzeit zurate ziehen.«

Alexander nickte. Derzeit war ihm nicht nach Konversation zumute. Viel zu sehr beschäftigten ihn die Fragen, die in seinem Kopf herumschwirrten. Hatte er auch wirklich alle Objektive eingepackt? Auch das große für die Nahaufnahme? Würde die Beleuchtung vor Ort ausreichen, oder musste er sich etwas einfallen lassen?

Je näher die beiden ihrem Ziel kamen, das sich in der Nähe des Marienplatzes in München befand, umso enger schnürte sich das unsichtbare Seil um seinen Hals. Seine Handflächen waren schweißnass, sodass er sie ständig an seiner Bluejeans abwischte.

Oh Mann. Wie soll ich diesen Abend bloß überstehen, ohne eine Panikattacke zu bekommen?

4

München, Freitag nachmittags

Franziska Becker verließ das Altenheim, in dem sie als Pflegerin arbeitete. Sie liebte die alten Menschen, und die meisten Bewohner sahen sie wie eine Enkeltochter an. Das kam vermutlich auch daher, dass Franziska mit ihren feuerroten Haaren jünger aussah als sechsunddreißig. Sorgfältig schloss sie die Tür hinter sich ab, und Momente später saß sie schon in der U-Bahn. Heute war ein guter Tag, denn sie bekam sogar einen Sitzplatz und musste die elf Stationen nicht stehen. Sie zückte ihr Handy und öffnete Facebook, das sie sofort an die Veranstaltung heute Abend erinnerte. Sie pustete die Luft aus ihrer Lunge. Ehrlich gesagt: Bock hatte sie keinen, dort hinzugehen. Doch sie hatte es versprochen. Und ein Versprechen hielt man. Auch wenn sie die Autorin Drea Summer nicht persönlich kannte, hatte sie doch via Facebook regen Kontakt zu ihr. Schließlich war Franziska eine Buchbloggerin mit über dreitausend Followern auf ihrem Blog. Und sie liebte Dreas Bücher. Besonders das eine, der Ösithriller, wie Drea es immer liebevoll nannte, war ihr ans Herz gewachsen.

»Warum muss das ausgerechnet heute sein? Ich bin so müde«, murmelte sie vor sich hin.

Die alte Frau, die neben ihr saß, schaute sie fragend an. »Junges Fräulein! Was haben Sie gesagt? Ich höre sehr schlecht. Sie müssen lauter sprechen.«

»Ich habe nur mit mir selbst geredet.« Franziska bemühte sich, klar und deutlich zu sprechen.

Die alte Dame nickte. »Manchmal ist man selbst der beste Berater, mein Kind.« Dann lächelte sie, und ihr Gebiss löste sich vom Gaumen. Obwohl die Frau ihren Mund sofort schloss und ihre Hand davorhielt, hatte sich diese Situation in Franziskas Hirn eingebrannt wie ein Branding.

Jetzt nur nicht lachen!, schoss der Gedanke wie ein Pfeil durch ihren Kopf. Franziska nickte und versuchte, die peinliche Situation zu überspielen. »Ja, das hat meine Oma auch immer gesagt.«

***

Eine Stunde später stand sie in der Buchhandlung und wartete auf Drea. Die Lesung hatte sie toll gefunden. Man hätte eine Stecknadel fallen gehört, so still war es in dem Raum gewesen. Seit einigen Minuten war Drea mitten in der Signierstunde und würde wohl noch eine Weile brauchen, wenn man die Länge der Menschenschlange als Maßstab nahm. Franziska schnappte sich von einem der Präsentationstische *Mordseelügen* von Marcus Ehrhardt und las den Klappentext. Allein das Cover verleitete sie schon zum gedanklichen Kauf. Sie blätterte wahllos eine

Seite im Buch auf und las ein kurzes Stück, bis sie von einem Geschrei unterbrochen wurde.

Ein Mann, vielleicht Mitte fünfzig, schrie einen jungen Reporter an, der gerade Fotos schoss. Sofort zückte sie ihr Handy und filmte die prekäre Situation, die sich nur wenige Meter vor ihr abspielte.

5

München, Freitag nachmittags

»Ha!« Cornelius Wiesner schlug mit der Faust auf den
Schreibtisch. Die Cola schwappte gefährlich im Glas. »Und
wieder ist uns einer ins Netz gegangen. Das funktioniert ja
super mit dem neuen Programm.« Er griff zu seinem
Handy und drückte die Wahlwiederholung.

»Ja?«, meldete sich eine ihm bekannte Stimme.

»Wir haben wieder einen neuen Auftrag. Ich schick dir
die Adresse gleich.«

»Gut.«

Das Gespräch wurde beendet, und gleich darauf
schickte Cornelius die Adresse via WhatsApp. Nachdem
die beiden Haken neben seiner Nachricht blau geworden
waren, lehnte er sich in seinem Sessel zurück.

Ein Blick auf die Uhr verriet ihm, dass er sich auf den
Weg machen musste. Schließlich stand heute noch eine
Entscheidung auf der To-do-Liste. Er warf sich eine Jacke
über die Schulter und verließ sein Einzimmerapartment.

***

Er mischte sich unter die vielen Leute, die alle zur
Buchpräsentation gekommen waren. Einige hatten Bücher
in der Hand, andere standen mit leeren Händen da. Drea

signierte die ersten Bücher und hatte für jeden ihrer Leser ein offenes Ohr.

Das dauert sicher ewig, bis ich dran bin, dachte er sich und stieß einen Seufzer aus. Die Dame vor ihm drehte sich um und schenkte ihm einen missfälligen Blick. Er sah sie durchdringend an und nahm seine Augen nicht von ihr. Dann besann er sich eines Besseren. Nur nicht auffallen war die Devise. Cornelius setzte ein freundliches Lächeln auf und griff nach einem der Bücher, die stapelweise auf dem Präsentationstisch lagen.

Schritt für Schritt kam er näher ans Ziel. Und heute würde er ihr die Frage stellen. Seine Hände begannen vor Aufregung zu zittern. Er musste aufhören, ständig selbst in der Öffentlichkeit zu sein. *Das bringt mich eines Tages in Teufels Küche.*

Minuten später stand er endlich vor Drea, die ihn freundlich anlächelte.

»Dieses Buch soll ich Ihnen signieren?« Sie streckte die Hand aus, doch er rührte sich nicht. Er starrte sie an, als wäre sie ein Geist. Erst nach ein paar Sekunden reagierte er und legte das Buch in ihre Handfläche. »Welchen Namen darf ich reinschreiben?«

»Cornelius. Für Cornelius bitte. Ich habe eine Frage an Sie«, stammelte er fast verlegen.

Drea lächelte, als sie zu ihm aufschaute. »Gerne, fragen Sie nur.«

»Vor welchem Tier ekeln Sie sich am meisten?«

Ein Lachen folgte, bevor sie antwortete: »Ich würde Kakerlaken sagen. Die sind wirklich eklig.«

Er verzog seine Mundwinkel zu einem gekünstelten Lächeln. »Ja, das ist wohl wahr.«

»Ich wünsche Ihnen spannende Lesestunden.« Sie reichte ihm das Buch und zwinkerte ihm zu. »Kakerlaken werden Sie allerdings in diesem Buch keine finden.«

»Kennen Sie auch die Devise: statt gegeneinander lieber miteinander?«, sagte Cornelius, und Drea nickte zögerlich.

»Bitte lächeln«, tönte es hinter ihm, und als er sich umdrehte, klickte schon die Kamera. Sofort rannte er auf den Reporter zu und riss an seinem Apparat.

»Löschen Sie sofort das Foto. Ich möchte nicht fotografiert werden. Sie kommen von …« Er starrte auf das Namensschild. »Von der *Süddeutschen*. Alexander Hoflechner.«

Alexander wich einen Schritt zurück. Sein Kollege rief vom anderen Ende des Raums: »Alex, lösch das Foto.«

Cornelius hatte seine Finger auf der Kamera und starrte Alex an. Seine Fingerknöchel waren bereits blutleer.

Alex versuchte, sein Eigentum wieder an sich zu ziehen, doch es gelang ihm nicht. »Lassen Sie die Kamera los, und ich lösche in Ihrem Beisein das Bild, okay?«

In der Buchhandlung war es trotz der vielen Gäste mucksmäuschenstill.

Widerwillig ließ Cornelius los. Alexander drückte einige Knöpfe, und das Foto war verschwunden.

»Na, geht doch«, sagte Cornelius und klopfte Alexander auf die Schulter.

6

München, Freitag abends

Drea hielt die Luft an, als der ältere Mann den Fotografen anschrie und an dessen Kamera riss. Was hatte den grauhaarigen Mann so in Rage versetzt, dass er dermaßen austickte? Na ja, er hatte sich ihr gegenüber schon ein wenig seltsam verhalten. Besonders diese Frage, die er ihr gestellt hatte, war echt merkwürdig gewesen. So etwas hatte sie bisher noch nie erlebt. Im Normalfall war jeder Leser glücklich über ein Foto mit ihr.

Binnen einer Minute hatte sich die Situation wieder beruhigt, und schon wenige Momente später ging alles seinen gewohnten Gang. Einige Leute standen noch in der Schlange, doch schon bald würde auch Drea sich unter die Leute mischen und später noch auf einen Drink mit Franziska ins benachbarte Kaffeehaus gehen. Schon seit Langem freute sie sich auf ihr erstes persönliches Treffen.

Gerade hatte sie das letzte Buch für heute signiert, da kam der junge Reporter auf sie zu.

»Mein Name ist Alexander. Ich komme von der *Süddeutschen*. Dürfte ich ein paar Fotos von Ihnen machen und ...« Eine leichte Röte stieg ihm ins Gesicht. »Und darf ich ein Autogramm von Ihnen haben? Ich lese Ihre Bücher ja nicht, ich verschlinge sie.«

Drea lächelte. »Natürlich dürfen Sie das. Beides.«

Alexander schoss einige Fotos.

»Sagen Sie mal«, meinte Drea, während sie ihre Unterschrift auf die Autogrammkarte kritzelte. »Was war denn zwischen Ihnen und dem Mann los? Das sah richtig gefährlich aus.«

»Keine Ahnung, warum der sich so aufgeregt hat. Gerade bei so einer öffentlichen Veranstaltung wird man von der Presse fotografiert. Aber gut, das Foto habe ich ja gelöscht, somit ist alles gut.«

Drea nickte nur, und Momente später hatte sie sich mit einem Glas Orangensaft zu Michael und Franziska gestellt, die ein wenig abseits standen.

»Also, mir gehen die Worte von dem Typen nicht aus dem Kopf«, sagte Drea, nachdem sie die beiden begrüßt hatte. »›Statt gegeneinander lieber miteinander.‹ Der Leitspruch unter den Bloggern und Autoren heißt doch ›Miteinander statt gegeneinander‹. Manche Leute haben echt eine komische Ausdrucksweise. Vor allem, was wollte er mir damit mitteilen?«

»Du und dein Ermittlerhirn.« Michael lachte laut auf.

»Na ja, das muss eine Bedeutung haben, oder nicht?« Unschlüssig schaute sie zwischen den beiden hin und her.

»Nicht immer hat alles eine Bedeutung«, sagte Franziska. »Vielleicht kennt er den Spruch gar nicht. Und das, was er gesagt hat, war reiner Zufall.«

Drea trank einen Schluck, dann sagte sie: »Ich glaube nicht an Zufälle. Der war mir wirklich unheimlich.«

7

Bischweier, Freitag nachts

Verdammt! Was war das für ein Geräusch?, dachte Georg und starrte in das tiefe Schwarz der Nacht. Nur das Mondlicht trat durch die offenen Lamellen der Jalousie in den Raum ein und warf helle Streifen an die Wand. *Es ist jemand in der Wohnung. Vielleicht ein Einbrecher? Oh Mann, was mache ich denn jetzt nur?*

Er zog die Bettdecke ein wenig höher, sodass diese nun über seine Nasenspitze reichte und er nur noch mit seinen Augen darüber lugte. Er schaute auf die Umrisse der Designerkommode, die dem Bett gegenüberstand. Erst vor wenigen Wochen war er hier eingezogen und hatte tatsächlich vergessen, ein neues Schloss an der Haustür einzubauen. Diese Nachlässigkeit sollte nun bestraft werden. Seine Glieder waren wie erstarrt vor Schreck, und er traute sich kaum zu atmen. Wieder ein Geräusch. Das Knarren einer Tür. Er zog die Bettdecke über seine Augen und seine Stirn. Er hoffte, der Einbrecher würde ihn nicht entdecken, wenn er einfach nur still und starr daliegen würde.

Verdammt! Wie reagiert man in so einem Fall? Wenn ich laut schreie, hören mich dann die Nachbarn? Oder sterbe ich durch einen Messerstich, bevor der Schrei meine Kehle verlassen hat?

Schweißperlen bildeten sich auf seiner Stirn. Er musste sich anstrengen, auch nur einen vernünftigen Gedanken zu fassen. Die Angst saß ihm buchstäblich im Nacken.

Und da spürte er den kalten Luftzug, der über seine Zehen streifte, die aus der Decke herausschauten.

Schreien? Tot stellen? Was soll ich tun?

Die Bettdecke wurde mit einem Ruck weggezogen, und noch bevor er reagieren konnte, stach die Nadel in seine Halsschlagader und ließ ihn in einen Traum fallen, aus dem es auch nach dem Aufwachen kein Erwachen gab.

8

Bottrop, Freitag nachts

Die Augenbinde löste sich fast wie von Geisterhand, und sobald seine Augen sich an das Flackern der Fackeln gewöhnt hatten, erschauderte nicht nur sein Körper, sondern auch sein Geist. Der Gesang wurde lauter, und die dunklen Gestalten in ihren Kutten jagten ihm eine Heidenangst ein. Der Kreis, in dem sie sich aufgestellt hatten, wurde immer kleiner. Schritt für Schritt kamen sie auf ihn zu, und die unsichtbare Schlinge um seinen Hals zog sich enger zusammen. Panisch drehte er sich in alle Richtungen um, doch er sah keine Möglichkeit zur Flucht. Das hier war das Ende. Heute würde er sterben.

Indulge, fatum, nobis exorcizare cupiditatem, retundere cupiditatem, expellere cupiditatem. Per ego atram caliginem iuro, te extraham ex cupiditate. Divites reveniemus. Exorcizamus te, anima arcana, catenisque exsolvo. Per ego oro measque, fatum, tuasque sorores opertae noctis et fatidicae.

Erst jetzt sah er die Holzkiste in der Form eines Sarges, die knapp einen Meter vor ihm in die Erde eingegraben war. Der Holzdeckel lag direkt daneben. War das sein

Todesurteil? War es das, was die Hexen von ihm wollten? Eine Art Opferung? Noch einmal wog er seine Möglichkeiten ab, doch da gab es nur noch eine. Die Flucht nach vorne. *Was soll ich tun?,* schoss es durch seinen Kopf, doch Sören wollte nicht mehr darüber nachdenken. Die Hexen sollten kriegen, was sie wollten. Er handelte. Ob es gut oder schlecht für ihn ausging, war ihm im Moment egal. Einfach nur weg von hier. Er sprang mit einem Satz in den Holzsarg und legte sich hinein. Mit geschlossenen Augen und pochendem Herzen wartete er auf den Dolchstich mitten in seine Brust. Sein einziger Gedanke war, dass er diesem Albtraum, wie auch immer, entfliehen konnte. Es ging hier nicht mehr um Leben oder Tod. Sondern einzig und allein um Erlösung.

Das Blut rauschte in seinen Ohren, und je näher die Frauen in ihren Kutten seinem Grab kamen, umso mehr erstarrte sein Körper. Einige Male, als er einen Luftzug spürte, stockte ihm der Atem. Er traute sich nicht, seine Augen aufzumachen, er wollte die letzten Sekunden seines Lebens nicht sehen. Es reichte ihm völlig aus, was er hörte. Er stieß einen Schrei aus, als der Deckel auf seinen Sarg polterte. Dann hörte er im Takt des Gesangs die Nägel, die sich ins Holz bohrten.

Die wollen mich lebendig begraben.

Es dauerte eine gefühlte Ewigkeit, bis das Hämmern aufhörte und somit auch das Lied der Frauen. Es war Stille eingekehrt. Todesstille.

9

Bottrop, Samstag vormittags

Birgit van Troyen war gerade mit ihrem Hund Aron zurückgekommen. Gerne unternahm sie lange Spaziergänge auf dem freien Feld, das direkt an den Köllnischen Wald grenzte. Sie liebte das Geheimnisvolle, das dieser Ort ausstrahlte. Und vor allem die Ruhe, weit und breit stand dort nur ein Haus, das eher einer Ruine ähnelte. Vor zwanzig Jahren hatte sie es gekauft. Doch eine Renovierung konnte sie sich nicht leisten, und der Sachverständige, der vor Ort gewesen war, hatte etwas von Abreißen dahergeschwafelt. Davon wollte sie nichts wissen.

Schon als kleines Mädchen war sie oft dort gewesen, an diesem Ort, als die alte Frau noch lebte, die sie liebevoll *Öminchen* genannt hatte. Mit der großen schwarzen Warze mitten auf ihrer gebogenen Nase sah sie einer Hexe sehr ähnlich. Auch das Tuch, das sie ständig um ihren Kopf gebunden hatte, erweckte eher einen angsteinflößenden Eindruck. Doch der erste Eindruck täuschte. Denn Öminchen war eine herzensgute Frau gewesen und hatte Birgit oft Geschichten erzählt – von Geistern und Hexen, die sich hier in Bottrop herumtrieben. Als kleines Mädchen hatte sie daran geglaubt und sich lange vor dem Wald gefürchtet. Heute als erwachsene Frau wusste sie, dass es weder das eine noch das andere gab.

Birgit schwelgte in ihren Erinnerungen und lehnte sich mit ihrer Kaffeetasse in der Hand in ihrem Liegestuhl zurück, der auf der Terrasse ihres Einfamilienhauses stand. Die Sonne knallte vom Himmel. Die Luft fühlte sich heiß an, und es drückte förmlich von oben herab. Die ersten Schweißtropfen standen ihr auf der Stirn, sodass sie mit ihrem Liegestuhl an einen schattigeren Platz rutschte.

Jaja, Öminchen war eine tolle Frau gewesen. Und was die alles über die Natur gewusst hatte. Jede Pflanze konnte sie bestimmen, und natürlich wusste sie auch, welche heilende Kraft darin steckte. Einige der uralten Rezepte hatte Birgit behalten. Schließlich wusste man ja nie, was man so alles gebrauchen könnte.

Das Handyklingeln riss sie aus ihrer Gedankenwelt. ›Silke Jark‹ las sie von ihrem Display ab, bevor sie das Gespräch entgegennahm. »Moin, moin. Na? Wie geht es dir?«

»Hey. Danke, gut«, sagte Silke. »Und dir auch, hoffe ich. Unser Treffen in zwei Tagen steht noch?«

»Klar, wir treffen uns wie geplant um neunzehn Uhr in Bischweier. Hast du alles, was wir brauchen?«

»Ja, ja, ist alles besorgt. Ich bin schon so gespannt drauf.«

»Und ich erst«, sagte Birgit kichernd. »Dann wünsch ich dir was. Bis demnächst.«

Nachdem sich Silke verabschiedet hatte, beendete Birgit das Gespräch. Zwischenzeitlich war sie aufgestanden und schaute nun in Richtung des Waldes. Ein Lächeln huschte ihr über die Lippen.

10

Bischweier, Samstag vormittags

Georg griff sich an den Kopf. In seinem Schädel hämmerte es unerbittlich. Ein schaler Geschmack breitete sich in seinem Mund aus, gefolgt von einem sauren, der seine Speiseröhre nach oben stieg. Er öffnete die Augen und schaute sich in der Dunkelheit um. Langsam setzte er sich auf. »Wo bin ich hier?«, flüsterte er in das tiefe Schwarz.

Ein heller Schein blendete ihn bereits, während er noch das Klicken des Scheinwerfers hörte. Reflexartig hob er seinen Arm nach oben und versuchte, seine Augen zu schützen, indem er seine Hand gegen das Licht hielt.

»Du wurdest verurteilt«, sagte eine ihm unbekannte Frauenstimme.

»Was? Wie … wieso?«, stammelte Georg und versuchte, trotz des grellen Lichtes seine Augen offen zu halten. Die Lampe gab eine sengende Hitze ab, und er musste seine Hand zurückziehen. Sofort schloss er seine Augen, denn ein stechender Schmerz fuhr ihm durch das Gehirn.

»Über dein Strafmaß wurde entschieden.«

»Was soll das heißen? Ich verstehe nicht. Wo bin ich hier? Lass mich frei.«

»Nur derjenige, der den Kampf gewinnt, darf gehen.«

»Kampf? Welcher Kampf? Lass mich frei.« Die erste Träne rann über seine Wange. Er saß da, mit geschlossenen Augen, und die Hitze brannte auf sein Gesicht. Seine linke Handfläche tat höllisch weh, er hatte sie schützend an seine Brust gepresst.

»Für jedes Verbrechen, das du begangen hast, bekommst du eine Strafe. Viel Spaß mit deinen Gästen.«

Das Licht ging aus, und noch bevor Georg etwas sagen konnte, schloss sich die Tür mit einem Geräusch, das ihn an Eisen auf Eisen erinnerte. Vermutlich ein Riegel, der vorgeschoben wurde, damit er nicht flüchten konnte. Die Leuchtstäbe der Lampe glühten noch etwas nach. Er drehte sich ringsherum und ertastete, dass der Raum, in dem er eingeschlossen war, nicht größer war als zwei mal zwei Meter. Das Schwarz legte sich wieder auf seine Augen. Plötzlich quietschte es über seinem Kopf. Er schaute nach oben, konnte aber in der Dunkelheit nichts erkennen. Ein Surren folgte. Er stand auf und tastete mit seiner Hand nach oben an die Decke, doch da war nichts, nur Luft. Vermutlich war der Raum höher, als er angenommen hatte. Ein blecherner Knall direkt über ihm, gefolgt von einem lauten Schmatzen. Georg war vor Schreck wie erstarrt. Er war über und über besudelt mit einer widerlich stinkenden Masse. Süßlich sauer stieg es ihm in die Nase. Er wischte sich mit den Händen über das Gesicht. War die Decke über ihm weggeschoben worden wie ein Deckel? Das würde das Quietschen und Surren erklären, das er Sekunden zuvor gehört hatte.

»Himmel, Arsch und Zwirn. Was ist hier los?«, schrie er.

Und dann spürte er viele kleine Beinchen, die über seine nackten Füße an seiner Pyjamahose emporkrabbelten. Wie wild schlug er um sich, doch anstatt dass die Viecher weniger wurden, vermehrten sie sich schlagartig. Einige von ihnen schafften es bis zu seinem Hals.

Georg schrie aus Leibeskräften. Er zappelte herum wie ein Epileptiker, um die Tiere von seinem Körper abzuschütteln. *Das sind Kakerlaken,* dachte er und zerdrückte eine davon mit der bloßen Hand. Er trippelte von einem Fuß auf den anderen, doch die Viecher ließen sich nicht davon beirren. Georg riss sein Oberteil auf, zog es in Windeseile aus und schmiss es in die Ecke. Dann entledigte er sich auch der Hose, in der Hoffnung, dass die Tiere sich nun auf seine Kleidung stürzen würden und nicht mehr auf ihn.

11

München, Samstag vormittags

»Hast du das schon gelesen?«, sagte Drea am
Frühstückstisch zu Michael und hielt ihm die Zeitung
unter die Nase. Er griff danach und las den kleinen Absatz
auf der rechten Seite:

*Wieder wurde ein verwirrter Mann im Perlacher Forst
aufgefunden. Er gibt an, von einer Gruppe Frauen entführt
und gefoltert worden zu sein. Sogar von Hexenritualen ist
die Rede. Dies ist bereits der dritte ähnlich geartete Fall in
diesem Monat. Die Polizei München hat eine
Sonderkommission zu diesem Fall eingerichtet.*

Michael legte die Zeitung beiseite und lachte lauthals.
»Manche Männer würden sich glatt wünschen, dass sie
von Frauen entführt und gefoltert werden. Die bezahlen
sogar viel Geld dafür.«

»Du bist unmöglich. Wirklich.« Drea schüttelte den
Kopf, nahm einen Schluck aus ihrer Kaffeetasse und
sprach weiter: »Drei Männer. Allein in diesem Monat. Da
steckt mehr dahinter. Sonst würde doch die Polizei nicht
ermitteln.«

Michael grinste noch immer, doch als er Dreas ernsten Blick sah, verschwand das Grinsen aus seinem Gesicht. »Ja, schon möglich. Aber was interessiert uns das? Willst du ermitteln, meine Lieblingsthrillerautorin? Brauchst du neuen Stoff?« Und wieder kam ein Lachen aus seiner Kehle.

»Du hast heute wohl in der Witzkiste geschlafen, was?«

»Nö, neben dir, mein Schatz. Also, sag schon. Was genau soll ich nun mit deiner Info anfangen? Was willst du? Auf Hexenjagd gehen?« Ein süffisantes Lächeln huschte ihm über das Gesicht.

»Ja, ich will mir das Gebiet anschauen, wo sie ihn gefunden haben. Und …« Sie kramte in ihrer Jackentasche. »Ich werde diesen Alexander anrufen. Den Reporter von gestern. Vielleicht kommt der noch an mehr Infos ran.«

»Da steht«, sagte Michael, faltete die Zeitung zusammen und tippte auf die Titelseite. »*Münchner Merkur* und nicht *Süddeutsche Zeitung*. Falls du es nicht gesehen hast.« Er machte einen Kussmund in ihre Richtung, und in seinen Augen spiegelte sich der Schalk wider.

»Du wirst bald fünfzig. Wann genau hast du vor, erwachsen zu werden?«, sagte sie und stand auf, ohne ihn weiter zu beachten. Sie hatte genug von seinen Flausen. Sie war auf der Suche nach Fakten.

»Ich werde in diesem Jahr siebenundvierzig!«, rief er ihr hinterher, als sie auf den kleinen Balkon trat.

Sie lachte in sich hinein. Die Aussage über sein Alter hatte wohl gesessen. Sie tippte die Nummer der Visitenkarte in ihr Telefon, und gleich darauf hatte sie Alexander dran.

»Hallo Alexander. Mein Name ist Drea Summer. Die Thrillerautorin von gestern. Können Sie sich noch erinnern?« Am liebsten hätte sie sich dafür gegen die Stirn geschlagen. *Was war das bloß für eine dämliche Frage?* Schließlich hatten die beiden sich erst Stunden zuvor kennengelernt und nicht vor Jahren. Natürlich würde er sich an sie erinnern können.

»Oh ... hallo. Mit Ihrem Anruf habe ich nicht gerechnet«, kam es etwas zögerlich von Alexander.

»Haben Sie heute schon Zeitung gelesen? Also den *Münchner Merkur* meine ich.«

»Nein. Wieso? Was steht da drinnen?«, sagte Alexander, und nach einigen Sekunden sprach er weiter: »Vor allem, was hat das mit mir zu tun?«

»Es geht um die drei Männer, die in diesem Monat entführt wurden. Angeblich von Frauen, die anscheinend ein Hexenritual durchgeführt haben. Haben Sie eine Möglichkeit, da an mehr Informationen ranzukommen?

Der Fall interessiert mich einfach. Ich will wissen, was da dahintersteckt.«

»Ich kann nichts versprechen. Aber ich werde es versuchen.« Drea hörte im Hintergrund Stimmengewirr und dann Tippgeräusche. Nach einigen Momenten sagte er: »Ich melde mich, okay?« Mit diesen Worten war das Gespräch zu Ende.

Schnell schrieb sie eine Nachricht an Franziska. Vielleicht konnte auch sie ihr behilflich sein.

12

Bischweier, Samstag mittags

Völlig entkräftet lag Georg auf dem Boden. Durch die Aufregung hatte er einen Asthmaanfall erlitten und diesen mittels Atemübung halbwegs in den Griff bekommen. Trotzdem fühlte es sich so an, als würde sich sein Brustkorb immer enger und enger zusammenschnüren. Und seine Lage würde sich die nächsten Stunden verschlimmern, wenn er nicht bald sein notwendiges Spray bekam.

Ich werde sterben. Und ich weiß nicht mal, warum ich hier bin und ich entführt und hier eingesperrt werde.

Er raffte sich vom Boden auf und konzentrierte sich. Gleichmäßig ein- und ausatmen. Er griff sich mit der Hand an sein Brustbein. Doch sosehr er sich bemühte, es gelang ihm nicht, sich vollständig zu beruhigen. Das mochte wohl daran liegen, dass er in einem Raum eingepfercht war, der nur aus Dunkelheit bestand, oder vielleicht war es der Gestank nach vergorenem Abfall. Vielleicht waren es auch die Kakerlaken, mit denen er sich das Zimmer teilte und die sich ab und an noch auf seinen Körper verirrten. Viel wahrscheinlicher aber war es eine Mischung aus allem, was ihm die letzten Stunden passiert war. Er stützte sich mit der Hand auf und stellte sich aufrecht hin. Mit all seiner verbliebenen Kraft hämmerte er wie wild auf die Metalltür ein.

»Lass mich hier raus!«, schrie er, und sofort setzte der Hustenanfall ein. Ein leises Rasseln drang aus seiner Lunge, gleich darauf folgte ein lang anhaltender Schmerz, der sich wie ein Messer durch seine Organe bohrte. Sein Körper sackte in sich zusammen und kam hart auf dem Boden auf.

Gedanken sausten durch seinen Kopf. Er dachte an seinen Kollegen Kuhn, der ihn wegen seiner Beförderung nun hasste. War das der Grund, warum er hier war? Heute Abend war eine Präsentation in der Firma mit einem wichtigen Kunden, die er leiten sollte. Monatelang hatte er jede Minute in das Konzept investiert. Endlich sollte das Müllproblem im Landkreis Rastatt der Vergangenheit angehören. Eine Müllverbrennungsanlage ohne die schädlichen Abgase und vor allem ohne unbrauchbare Überreste. Das war doch das, worauf die Welt gewartet hatte.

Klar, wenn er die Präsentation nicht leiten könnte, dann würde dies Kuhn tun, und der würde sich definitiv alle Lorbeeren selbst einheimsen. Und Georg würde früher oder später seinen Job als Abteilungsleiter wieder verlieren.

»Ich hasse dich, du Arschloch«, murmelte er mit letzter Kraft. Vor Erschöpfung konnte er seine Augen nicht länger offen halten.

Er erschrak, als das Licht über ihm anging. Diesmal saß er direkt darunter, und somit war der kleine Raum hell ausgeleuchtet. Und genau jetzt war der Moment gekommen, in dem er wusste, dass er genauso hier drinnen verrecken würde wie das Skelett, das in der Ecke lag. Sein Pyjamaoberteil hatte es ein wenig abgedeckt, und die Kakerlaken schwirrten fleißig darüber. Und wenn er sich nicht irrte, hörte er sie sogar laut schmatzen und sich an dem schleimigen Abfall laben.

13

»Basti?«, sagte Alexander zu seinem Kollegen. »Ich brauche deine Hilfe. Kennst du eine Stefanie Schafstall vom *Münchner Merkur*? So rein zufällig?«

Basti drehte sich zu ihm um. Der Cursor blinkte noch auf seinem Bildschirm. Mitten im Wort hatte er aufgehört zu tippen. »So ganz rein zufällig, ja. Steffi ist meine Ex-Kollegin. Ich hab doch vor Jahren dort gearbeitet. Also, was brauchst du? Spuck es aus.«

»Kannst du mir ihre Nummer geben, bitte? Ich muss … muss sie was Wichtiges fragen.«

Basti lachte. »Klar könnte ich das. Die Frage ist, ob ich es will.«

Alexanders Handflächen waren schweißnass.

Doch dann redete Basti weiter: »Klar kannst du ihre Nummer haben. Jetzt lass dich doch nicht gleich immer so verunsichern. Du musst als Reporter ein viel dickeres Fell bekommen. Sonst werden dich die Bestien zerfetzen.« Er formte mit seinen Händen Krallen und machte Geräusche wie ein wildes Tier. Basti lachte.

Doch Alexander erwiderte sein Lachen nicht. Er konnte den Witz, über den Basti so herzhaft lachte, nicht verstehen. Oder er wollte es nicht. Basti kritzelte einige

Zahlen auf einen Zettel. Alexander schnappte ihn sich, drehte sich um und hörte hinter sich wieder diese eigenartigen Tiergeräusche, gefolgt von einem herzhaften Lacher. *Jaja, sehr lustig.*

Seit Minuten starrte er die Zahlen an, die in krakeliger Handschrift geschrieben waren. Wie gebannt saß er an seinem Schreibtisch im Großraumbüro.

»Komm schon, Alexander«, sprach er sich selbst Mut zu und griff nach seinem Handy. Der Mut verließ ihn, als er die Frauenstimme am anderen Ende hörte. Beinahe hätte er aufgelegt. Er riss sich nochmals am Riemen. »Ich bin … Sie haben doch … Alexander Hoflechner … also Alex …« Sekundenlanges Schweigen. Alexander wurde heiß und kalt, und er befürchtete, dass seine Gesprächspartnerin das Telefonat gleich beenden würde, wenn er nicht bald einen vernünftigen Satz über die Lippen bekäme. Doch es kam anders, als er gedacht hatte.

»Also, Sie sind Alexander Hoflechner. Alex, kurz gesagt. Schön, dass Sie mich anrufen. Es gilt vorerst die Frage zu klären, was ich gemacht habe, dass es Ihnen so die Sprache verschlägt.«

»Ja, genau. Alex«, sagte er, und sein Kopf war wie vom Winde verweht.

»Alex. Atmen Sie tief durch, und dann erzählen Sie mir alles. Okay?«

Alexander tat wie ihm geheißen. Es änderte zwar nichts an seiner Nervosität, allerdings fiel es ihm leichter zu sprechen. »Also, Sie haben diesen Artikel geschrieben über die drei Männer, die entführt worden sind. Haben Sie nähere Informationen darüber?«

Stefanie Schafstall lachte. »Wer sind Sie, Alex?«, fragte sie, statt eine Antwort zu geben.

»Ich arbeite für die *Süddeutsche Zeitung*. Aber mein Beruf hat damit nichts zu tun. Das ist reines privates Interesse.«

»Das will ich Ihnen mal so glauben. Viel mehr Informationen habe ich auch nicht darüber. Ich frage mich noch immer, warum Sie das interessiert.«

»Ihre Nummer habe ich von Basti.« Es war mehr ein verzweifelter Versuch, vom Thema abzulenken.

»Jetzt ist mir alles klar. Basti, der alte Schürzenjäger. Wenn Sie eine Frau wären, würde ich Ihnen dazu raten, sich vor ihm in Acht zu nehmen. Der ist hinter jedem Rockzipfel her, der nicht bei drei auf dem Baum ist. Und natürlich piesackt er die jüngeren Kollegen. Ich vermute mal, bei Ihnen wird er das auch machen.«

Alexander überlegte, ob es wirklich eine gute Idee gewesen war, Bastis Namen zu erwähnen. Denn ihre Stimmlage hatte sich geändert und besaß nun einen ernsteren Unterton.

»Es tut mir leid, dass ich Sie belästigt habe.«

Alexander war im Begriff aufzulegen, als sie sagte: »Jetzt warten Sie doch. Geben Sie mir Ihre Mailadresse, dann schicke ich Ihnen die Unterlagen. Da sollten wir doch zusammenhalten, oder nicht?«

»Genau.« Er stammelte noch seine Mailadresse ins Telefon.

Minuten später hatte er die Informationen, die Stefanie ihm geschickt hatte, auf seinem Bildschirm.

14

Bottrop, Samstag abends

Stunden vergingen, und Sörens Durst wuchs von Minute
zu Minute. Das Gefühl der Ohnmacht hatte schon einige
Male von seinem Körper Besitz ergriffen. Doch jedes Mal
konnte er sich mit einem Kneifen in seinen Unterarm vor
der drohenden Bewusstlosigkeit retten. Aber wie lange
würde das noch gut gehen? Wie lange musste er es hier
noch aushalten? Unzählige Male hatte er um Hilfe
geschrien, gejammert und geflucht. Doch es war keine
Rettung in Sicht. Wieder hämmerte er gegen den
Holzdeckel, doch dieser sprang auch diesmal nicht
herunter und entließ ihn in die Freiheit. Somit war er mit
sich selbst übereingekommen, dass es besser war, Ruhe
zu bewahren und die Luft, die immer dünner wurde, zu
sparen. Wer weiß, für wie lange er hier noch in seinem
Gefängnis festsaß?

Bereits die Tage zuvor hatte er immer wieder darüber
nachgedacht, was oder besser gesagt wer ihn in diese
missliche Situation gebracht hatte. Einerseits könnte seine
Ex-Freundin Sabrina dahinterstecken. Ja, die Trennung
war schon gut ein halbes Jahr her, trotzdem lief sie ihm
immer noch hinterher, obwohl er ihr klar und deutlich zu
verstehen gegeben hatte, dass aus ihnen beiden nichts

mehr werden würde. Nein, auch Freunde würden sie nicht bleiben. Das funktionierte ja sowieso nie. Doch je mehr er darüber nachdachte, umso mehr rückte sie in den Kreis der Verdächtigen. Denn vor einigen Wochen hatte sie von einem Tag auf den anderen nicht mehr vor seiner Haustür herumgelungert. Oder ihn nach der Arbeit abgefangen. Einmal hatte sie sich sogar durch den Hausmeister, den sie bezirzt hatte, Zutritt zu seiner Wohnung verschafft. Aber das war auf einmal Geschichte. Vielleicht hatte sie in dieser Zeit seine Entführung geplant? Aber wer waren die anderen Frauen in ihren Kutten? Alles Freundinnen von ihr? Er wog das Für und Wider ab. Gut, die Trennung von ihr war nicht so schön abgelaufen, aber deswegen diese Folter zu veranstalten, stand doch in keinem Verhältnis. Zugegeben, er hätte ihr einfühlsamer gestehen sollen, dass er eine Affäre mit ihrer besten Freundin hatte. Ob Sabrina wirklich dafür verantwortlich war? Vielleicht machten ja sie und ihre beste Freundin gemeinsame Sache. Und die anderen Frauen machten mit, weil sie vielleicht Ähnliches erlebt hatten. So eine Art Selbsthilfegruppe für unbefriedigte Frauen, die keinen Mann abbekommen hatten.

»Scheiße!«, schrie er und hämmerte mit seinen Fäusten gegen den Deckel, der sich auch jetzt nicht von der Stelle bewegte. Er konnte nicht verstehen, warum er in diesem Holzsarg eingesperrt war. Vielleicht steckte auch seine Mutter dahinter. Diese Kuh, die immer glaubte, dass sie sich in sein Leben einmischen könne.

Aber würde mich meine eigene Mutter hier einsperren? Um mich weichzukochen, vielleicht. Aber was wäre der Grund hinter dieser Aktion? Vielleicht, weil ich nicht bei ihr zu Hause einziehen wollte? Weil ich mich nicht ständig kontrollieren und bemuttern lassen wollte? Weil unser letztes Gespräch aus dem Ruder gelaufen ist und ich ihr gesagt habe, dass sie mich in Ruhe lassen soll? Ach, nein. Meine Mutter kann es nicht gewesen sein. Die ist doch auf dieser Kreuzfahrt ... wobei ... vielleicht sollte ich das nur glauben.

»Hör auf jetzt, Sören«, sprach er zu sich selbst. »Das ist alles Käse, was du da denkst. Beschäftige deine Gedanken lieber damit, wie du hier wieder rauskommst.«

Erneut tastete er seinen hölzernen Sarg ab. Und wieder musste er feststellen, dass es kein Entrinnen gab. Jedes Mal, wenn er mit der Hand gegen den Deckel schlug, drang Erde und Dreck in sein Gefängnis ein. So schlussfolgerte er, dass die Kiste definitiv mit Erde bedeckt sein musste. Mit wie viel, konnte er nur erahnen.

Lange halte ich es hier nicht mehr aus. Ein Schwindelanfall überkam ihn, und die Magensäure schoss seine Kehle hoch. Sören stützte sich mit den Ellbogen auf und schluckte ein paarmal kräftig hintereinander. Die

Masse rann wieder in seinen Magen, allerdings blieb der saure Geschmack in seinem Mund zurück.

15

»Klar kommen wir«, sagte Drea. »In einer Stunde im Café.«

Drea hatte gerade das Gespräch beendet, da schaute Michael sie fragend an. »Ernsthaft? Du willst Detektiv spielen mit diesem Reporter von der *Süddeutschen?* Ich dachte, wir machen uns hier noch ein paar schöne Tage, bis wir nach Hause fliegen. Wolltest du das nicht?«

»Du musst nicht mitkommen zu dem Treffen. Ich frag Franziska. Sie wird mich sicher gerne begleiten.«

Michael sprang vom Sofa auf und schnappte sich sein Handy. »Klar komm ich mit. Ich bin doch dein Beschützer.«

Drea lachte. »Natürlich. Du bist mein Beschützer vor den ganzen bösen Männern da draußen.«

Michael stemmte seine Hände in die Hüften und schaute grimmig, obwohl der Schalk aus seinen Augen sprach. »Wir nehmen auch Franziska mit. Ich bin stark genug, dass ich euch beide beschützen kann.«

***

Knappe dreißig Minuten später hatte Franziska die beiden von der Ferienwohnung abgeholt, und sie waren zu dritt unterwegs zu dem Café, dessen Standort Alexander mittels Google Maps an Dreas Handy gesendet hatte.

»Die ganze Zeit habe ich heute darüber nachgedacht«, sagte Franziska und schaute zu Drea. »Es ist merkwürdig mit den Männern. Das kann kein Zufall sein.«

»Das ist mit Sicherheit kein Zufall«, erwiderte Drea. »Sonst würde die Polizei doch nicht ermitteln. Konntest du etwas über diese Frauen herausfinden?«

»Nein, leider nicht. Ich habe es unter vielen verschiedenen Suchbegriffen bei Google versucht. Aber bisher hatte ich keinen Erfolg. Mal sehen, was uns dieser Alexander zu berichten hat.«

»Am Telefon hat er ein ziemlich großes Geheimnis daraus gemacht. Das will er mir persönlich zeigen, meinte er.«

»Das ist so aufregend. Ich wollte das schon immer mal.«

»Was meinst du? Auf Hexenjagd gehen?« Drea lachte laut, und auch die anderen beiden stimmten mit ein.

»Mal in einem Polizeifall ermitteln«, sagte Franziska.

Nun mischte sich auch Michael in das Gespräch ein. »Ich verstehe nicht, was ihr beiden daran so spannend findet. Was soll denn da schon Großartiges dahinterstecken? Ein paar verrückte Frauen, die Männern Angst einjagen.«

Die drei waren beim Café angekommen. Alexander winkte sie zu seinem Tisch, auf dem einige Papiere ausgebreitet waren.

»Hallo Alexander«, sagte Drea und setzte sich auf den Stuhl neben ihm. »Erzähl. Was hast du herausgefunden?«

»Hallo, ihr alle«, antwortete er und schnappte sich das erste Blatt Papier, auf dem ein Zeitungsartikel abgebildet war. »Also, dieser Artikel stammt aus der Zeitung *WAZ*. Vor sechs Wochen wurde auch hier von einem Mann berichtet, der verwirrt in einem Wald aufgefunden wurde. Und das ist noch nicht alles. Auch diese Berichte aus den Gebieten Berlin, Magdeburg und Hannover sind alle aus den letzten drei Monaten. Und alle Männer berichten dasselbe. Entführung, Folterung und diese Sekte. Ich habe heute ein wenig herumtelefoniert und mit den verschiedenen Reportern gesprochen. Angeblich soll es noch mehr Opfer geben, darunter sollen sich auch Frauen befinden. Zumindest sagte mir das der Reporter der *WAZ* aus Bottrop. Aber dies wurde von der Polizei nicht öffentlich bekannt gegeben. Aus welchen Gründen auch immer.«

Drea nahm einen Artikel und las ihn sich durch. Auch ihr fielen die vielen Gemeinsamkeiten auf. »Du meinst, das ist deutschlandweit? Das ist ja größer, als wir angenommen haben. Aber es muss doch Anhaltspunkte geben, warum diese Männer und Frauen entführt und misshandelt worden sind. Kommen wir irgendwie an mehr Informationen ran?«

Alexander lachte. »Wen soll ich denn fragen, deiner Meinung nach? Ich kann wohl kaum zur Polizei gehen und Fragen zu einer laufenden Ermittlung stellen.«

»Wir könnten doch die Opfer befragen!« Dreas Augen leuchteten förmlich.

Franziska nickte zustimmend. »Klar, die Adressen kriegen wir raus.«

Alexander und Michael riefen fast gleichzeitig: »Ihr seid doch verrückt!«

Franziska blickte verschwörerisch zu Drea und sprach: »Ihr beide müsst ja nicht mitkommen ... wenn ihr euch nicht traut.«

»Lasst uns beim letzten Opfer beginnen.« Drea holte ihr Handy heraus und tippte den Namen des Mannes ein. Roland Ertl. Der erste Treffer bei Google ergab ein Profil bei Facebook. Drea verglich das Foto mit dem in der Zeitung. »Okay, nun noch herausfinden, wo er wohnt. Dann können wir los.« Sie trank einen Schluck Kaffee und schaute sich in der Runde um. Franziska googelte auch fleißig den Namen. Den beiden Männern blieb der Mund offen stehen. Vermutlich konnten sie es nicht glauben, dass sie es verdammt ernst meinte, der Sache auf den Grund zu gehen.

Einen Augenaufschlag später rief Franziska: »Ich hab

die Adresse.«

Drea stand auf, schnappte sich ihre Tasche und ging bereits Richtung Ausgang. Franziska tat es ihr gleich.

»Ihr könnt da nicht einfach hinfahren. Was wollt ihr dort sagen?«, hörte Drea Michael ihr hinterherrufen.

Sie drehte sich zu ihm um und lächelte. »Schatzi, mir fällt schon was ein. Keine Sorge. Kommt ihr, oder wollt ihr lieber hierbleiben?«

Sie verließen das Café und stiegen in Franziskas giftgrünen Seat Ibiza ein. Für vier Leute war das Auto zwar etwas klein, aber immer noch besser, als mit der U-Bahn zu fahren.

16

Bottrop, Samstag abends

Es war genau der Moment, in dem Sören dachte, alle
Lebensgeister hätten seinen Körper verlassen und seine
Seele packte auch schon die Koffer, um ins Nirwana
abzutauchen. Bereits vor Stunden hatte er eingenässt,
und seine Hose klebte an ihm wie eine zweite Haut. Sein
Leben zog wie ein Film vor seinem geistigen Auge vorbei
und bot ihm die Gelegenheit, sich alles in Ruhe nochmals
anzusehen und darüber nachzudenken. Es waren schöne
Momente dabei. Damals, als er noch ein Kind war und
sein Vater noch lebte. Die gemeinsamen Urlaube. Die
Ausflüge an den See, um dort, anstatt zu angeln, wie es
sein Vater seiner Mutter immer vorgaukelte, lieber im
hohen Gras zu liegen und sich die Sonne auf den Bauch
scheinen zu lassen. Sören musste unwillkürlich
schmunzeln. Seine Mutter hatte immer geschimpft, weil
die beiden nie einen Fisch gefangen hatten.

Und da hörte er das erlösende Geräusch über sich.
Etwas Hartes krachte auf das Holz. Immer mehr Erde und
Dreck drangen in sein Gefängnis. Er musste husten, da er
den Staub eingeatmet hatte. Plötzlich hob sich der Deckel,
und Licht fiel ein. Er blinzelte, und es dauerte einen
Moment, bis sich seine Augen an die Helligkeit gewöhnt

hatten. Und da sah er die Frau, die eine dunkle Kutte trug und ihre Kapuze tief ins Gesicht gezogen hatte.

»Aufstehen«, flüsterte sie.

Sören gab sich Mühe, doch durch die lange Zeit in der Liegeposition waren seine Füße eingeschlafen und seine Beine steif. Langsam kam er hoch und spürte das Ameisenkribbeln, das seinem Körper wieder Leben einhauchte. Sie fesselte seine Hände mit einem dünnen Seil.

»Mach endlich hinne«, fauchte sie ihn an. »Ich hab nicht ewig Zeit. Geh endlich.« Mit einer Lanze, an deren Spitze ein Messer befestigt war, trieb sie ihn wie ein Tier vor sich her.

»Lass mich doch endlich frei«, flehte Sören. »Was hab ich denn getan?«

»Sei still. Das wirst du noch früh genug erfahren.«

Sören zog es vor zu schweigen und schlurfte mehr den beschwerlichen Weg entlang, als er ging. Er konnte das verlassene Haus sehen, das nur wenige Meter von ihm entfernt stand. Er ließ Hilfe suchend seinen Blick in die Ferne schweifen, doch weit und breit waren nur Wälder und Felder. Keine Menschenseele war hier außer ihm und dieser Hexe hinter ihm. Die Sonne hatte vor Minuten ihre letzten Strahlen wieder an sich genommen und dem Licht des Mondes am Himmel Platz gemacht. *Morgen ist Vollmond.*

Sie kamen bei dem Haus an. Er wusste, er würde die Treppe zur Eingangstür nach oben gehen müssen, dann vier Schritte geradeaus und dann nach links. Dort war der Raum, in dem er bereits einige Tage und Nächte verbracht hatte. Doch als er auf die Treppe zusteuerte, spürte er einen spitzen Schmerz in seinem Rücken, und er konnte das Blut fühlen, das ihm augenblicklich hinunterlief.

»Geh hier rein.« Sie deutete auf eine kleine Baracke neben dem Haus, die einem Hundezwinger glich. Der Vorteil hier wäre eindeutig, dass der Zwinger nur an einer Seite mit Holz vertäfelt war und die restlichen drei Seiten aus Draht oder Ähnlichem bestanden. Fast schon rannte er darauf zu. Das könnte seine Chance sein zu fliehen. Wenn hier zufällig jemand vorbeikäme, ein Spaziergänger oder so, dann hätte er die Möglichkeit, auf sich aufmerksam zu machen.

Er öffnete die Tür und sah die dicke Eisenkette am Boden liegen. Daran war ein Lederhalsband befestigt.

»Knie dich hin«, befahl die Stimme, und er tat, wie ihm geheißen wurde.

Das Halsband wurde ihm angelegt und die Kette daran straff gezogen. Dann verließ seine Peinigerin das Gehege.

Es kam ihm vor, als kämen von jeder Seite Geräusche. Hier ein Schlurfen, da ein Rascheln. Sein Herz pochte bis zum Anschlag. Zumindest war die Drahttür zu, also konnte niemand rein. Verzweifelt blickte er sich um und inspizierte den Boden. Außer Sand und Erde war hier nichts zu finden. Die Hoffnung auf Rettung, die vor Sekunden noch in ihm aufgekeimt war, erlosch mit einem Schlag. Dann knarrte die Tür wieder. Die Frau trat ein und hielt ihm einen Plastikbecher hin. Sofort griff er mit seinen gefesselten Händen danach und trank hastig.

Die Frau verschwand, und er blieb zurück. Er versank in einen tiefen Schlaf, der ihn an einen besseren Ort brachte. Weit weg aus seinem Gefängnis.

17

München, Samstag abends

Die Straßenlaternen gaben ein schummriges Licht ab, als die vier an der Adresse ankamen. Ein wenig flau im Bauch war Drea schon, als sie auf das Haus zuschritten. Drea drückte den Klingelknopf. Im Haus sah sie keinen Lichtschein. Dabei war es erst kurz nach zwanzig Uhr.

»Vielleicht ist er nicht zu Hause?«, meinte Franziska. »Oder er ist noch im Krankenhaus oder in einer Nervenklinik ... oder tot.«

Drea drehte sich um und schaute Franziska mit einem genervten Blick an. »Tot? Wie kommst du jetzt auf tot? Du liest zu viele Thriller. Eindeutig.«

Wieder drückte Drea auf den Klingelknopf, diesmal länger als zuvor. Plötzlich ging im Inneren des Hauses das Licht an, und sie hörten Schritte, die langsam Richtung Tür kamen.

»Für einen Toten scheint er aber ziemlich munter zu sein, findest du nicht?«, sagte Michael und lachte.

Drea war nicht zum Scherzen zumute. Was daran bloß wieder witzig war? Keine Ahnung.

Eine Eisenkette wurde in das Schloss gezogen, und die Tür ging einen Spaltbreit auf. Ein hagerer Mann mit zerzausten blonden Haaren erschien im Türrahmen.

Seinem Gesichtsausdruck nach zu urteilen, schien er schon geschlafen zu haben.

»Ja? Ich kaufe nichts«, sagte Roland Ertl.

»Das ist gut«, erwiderte Drea. »Wir verkaufen nichts. Wir wollen Ihnen nur ein paar Fragen stellen.«

»Ich beantworte keine Fragen mehr. Ich habe alles gesagt, was ich weiß.« Er schloss die Tür, doch Drea redete sofort weiter.

»Es muss einen Grund geben, warum Sie entführt wurden. Es gibt noch viele andere Opfer. Vermutlich sind auch Männer und Frauen in Gefahr, von denen wir und auch die Polizei noch nichts wissen.«

Die Tür blieb geschlossen, allerdings musste der Mann noch dahinter stehen, da sich keine Schritte entfernt hatten.

Somit fuhr Drea fort: »Sie können helfen, damit anderen nicht auch das Gleiche wie Ihnen passiert.«

Keinerlei Laut war im Haus zu hören. Dann sprach Roland Ertl durch die geschlossene Tür. »Keiner glaubt mir meine Geschichte. Warum sollte ich sie gerade Ihnen noch mal erzählen? Wer seid ihr überhaupt?«

»Mein Name ist Drea Summer. Ich bin Thrillerautorin. Mein Mann Michael. Der Reporter Alexander Hoflechner von der *Süddeutschen Zeitung* und meine Freundin Franziska Becker, Altenpflegerin und Buchbloggerin.«

»Aha. Und was wollt ihr nun von mir? Ich verstehe nicht, was ihr mit dieser Sache zu tun habt.«

»Wir wollen einfach nur mit Ihnen reden. Okay?«, mischte sich Franziska ein.

»Komme ich dann in einer Story von Ihnen vor?«, sagte der Mann, und noch während er sprach, zog er die Tür einen Spalt auf. »Ich meine, so richtig namentlich. Weil angefühlt hat es sich wie in einem Thriller. Das müssen Sie mir glauben.«

Drea reagierte augenblicklich mit einem Nicken und fügte hinzu: »Kann gut möglich sein. Wenn Sie das wünschen und sich die Story zu einem Buch eignet. Aber dazu muss ich erst einige Fakten kennen.«

Die Tür schloss sich, die Kette wurde entfernt, und Roland Ertl trat Augenblicke später heraus ins Freie. Er schaltete das Verandalicht ein, und Drea sah die dunklen Augenringe, die durch die Lichtverhältnisse vermutlich schwärzer aussahen, als sie tatsächlich waren.

»Danke, dass Sie mit uns reden«, sagte Drea schlussendlich. »Können Sie uns erzählen, was passiert ist?«

»Ehrlich gesagt ist alles sehr verschwommen. Ich wurde hier, aus meinem Schlafzimmer«, sagte er und deutete nach oben zu einem der Fenster, »mitten in der Nacht entführt. Ich spürte nur einen Einstich in meinen Hals. Als ich wieder aufwachte, war ich in einem dunklen

Raum. Ich hörte ständig Wasser rauschen. Dann kamen die Frauen, und ich musste Prüfungen bestehen. Sie legten mich in einen Ameisenhaufen. Verstehen Sie? Ich war an Händen und Füßen am Boden gefesselt. Die Ameisen krabbelten binnen Sekunden an alle Stellen meines Körpers. Es tat höllisch weh, als diese mich bissen oder gestochen haben oder was auch immer. Es waren Millionen von Ameisen.« Der Mann schluckte schwer, bevor er weitersprach. »Dann schmissen die Frauen mich in einen Fluss. Das tat meinem geschundenen Körper gut. Allerdings haben die Frauen einen Kreis um mich gebildet und irgendwelche fremdartigen Wörter vor sich hingebrabbelt. So einen Singsang. Es klang fast nach einem Fluch. Eine Art Hexenritual.«

»Haben Sie eine der Frauen erkannt?«, wollte Drea wissen.

»Nein, die hatten alle Kutten an, wie Mönche, und die Kapuzen waren tief ins Gesicht gezogen. Und es war stockfinster. Eine der Frauen tauchte meinen Kopf unter Wasser. Ich wehrte mich, aber es waren auf einmal viele Hände auf meinem Körper. Jedes Mal, wenn ich kurz vor der Ohnmacht stand, rissen sie meinen Kopf wieder in die Höhe. Keine Ahnung, wie oft sie das gemacht haben. Jedes Mal, wenn ich wieder an der Oberfläche war und atmen konnte, hörte ich diesen Singsang. Ich dachte, ich überlebe das nicht. Verstehen Sie?«

»Ja, natürlich. Das hört sich schrecklich an. Aber wie sind Sie aus den Fängen dieser Frauen entkommen?«

»Da wird alles sehr schwammig vor meinen Augen. Ich weiß nur, da war eine Frau und wir beide waren gefangen in einem Raum.«

»Wie? Eine Frau? Wissen Sie, wie sie geheißen hat?«

»Nadine.«

»Nadine, wie noch?«

Er sagte seufzend: »Keine Ahnung. Ich wollte sie nicht heiraten, sodass mich das interessiert hätte. Mein einziges Interesse galt meinem Überleben.«

»Okay, wie ging es weiter in dem Zimmer?«, fragte Drea.

»Ich sah alles wie durch einen Tunnel. Die haben mir Drogen verabreicht. Ich hab keine Ahnung, was das für ein Zeug war. Plötzlich bekam ich keine Luft mehr, und als ich aufwachte, war ich im Perlacher Forst und lag mitten auf einem Weg.«

»Also, Sie wissen nicht, was mit dieser Nadine passiert ist?«

Der Mann schüttelte den Kopf.

»Und auch nicht mehr, was wirklich in diesem Zimmer passierte?«, fragte Drea nochmals nach.

Wieder schüttelte Ertl den Kopf. Doch dann antwortete er: »Meine Kleidung und auch meine Haare waren nass, als ich aufgewacht bin.«

Drea drehte sich zu den drei anderen um. Diese zuckten ahnungslos mit den Schultern.

»Wenn ich Sie nun richtig verstehe, haben Sie weder eine Ahnung, warum Sie entführt und gefoltert worden sind, noch wissen Sie, wer der oder die Täter sind.«

»Genau«, sagte der Mann und nickte. »Und ich weiß auch nicht, was mit dieser Frau passiert ist oder auch was das Ganze bringen sollte.«

»Wie meinen Sie das?«, hakte Franziska nach.

»Na ja, wenn man jemanden entführt und foltert, dann verfolgt man doch ein Ziel, oder nicht?«, sagte er und wandte sich Drea zu. »Das muss doch so sein, also zumindest in Büchern.«

Drea nickte zustimmend.

Roland Ertl fuhr mit seinen Ausführungen fort: »Also, ich wurde freigelassen, warum auch immer, und habe nun welche Botschaft zum Mitteilen? Ich weiß es nicht. Ich verstehe es auch nicht. Und diese Geschichte glaubt mir keiner. Der Arzt, der mich untersucht hat, gab mir Pillen, damit die Halluzinationen aufhören.«

Drea überlegte kurz und sprach ihre Gedanken aus. »Aber es gibt mehrere Männer und Frauen, die ähnliche Geschichten erzählen. Somit kann das keine Einbildung sein.«

»War es sicher nicht. Meine Wunden am Körper sprechen für sich. Aber die kann ich mir im Drogenwahn auch selbst zugezogen haben. Sagt zumindest der Arzt.«

»Woher wissen Sie eigentlich, dass Ihnen Drogen verabreicht worden sind?«, fragte Drea nach.

»Mir wurde im Krankenhaus Blut abgenommen, und es wurde ein Drogentest veranlasst, da ich ziemlich benommen war. Es war irgendein neuartiges Halluzinogen. Das kannten die bisher noch nicht einmal in ihrem Drogenlabor. Die Polizei tat fast so, als hätte ich mir das Zeug selbst besorgt.«

»Okay, ich denke, wir sollten uns bemühen, diese Frau zu finden. Mal sehen, was sie uns zu berichten hat. Wir danken Ihnen auf jeden Fall für Ihre Geduld und die Beantwortung der Fragen. Und alles Gute für Sie.« Drea reichte ihm ihre Hand zur Verabschiedung.

Ertl hielt sie fest und legte seine andere Hand auf ihre. Mit flehendem Blick fügte er hinzu: »Sie glauben mir doch, nicht wahr? Bitte finden Sie diese Schweine, die mir das angetan haben. Ansonsten habe ich nie wieder eine ruhige Minute in meinem Leben. Ich lebe in ständiger Angst, dass die wiederkommen.«

18

Bischweier, Sonntag früh

Georg umklammerte sein Asthmaspray, das vor Stunden
in sein Gefängnis geworfen worden war. Er saß wieder im
Dunkeln, mit der Gewissheit, dass die Kakerlaken noch im
Zimmer waren. Und auch das Skelett in der Ecke.
Mittlerweile bescherte ihm dieses das geringste
Unbehagen. Vielmehr hatte er Angst vor dem, was
kommen würde. Was er noch ertragen musste, bevor er
so enden durfte wie sein hautloser Freund. Immer wieder
kreisten seine Gedanken um das Warum. *Warum bin ich
hier? Warum passiert das ausgerechnet mir?*
  Bisher hatte er auch auf Nachfragen keinerlei Antwort
bekommen. Das in Leinen gehüllte Individuum, das ihm
sein Essen brachte, das übrigens nicht mehr als eine Dose
Thunfisch und eine Scheibe Brot war, schwieg. Nach dem
Essen, welches er sich dann mit einer Kakerlake teilte –
zumindest so lange, bis er dieses kleine Monster in seinen
Mund nahm und die Dose wegschleuderte, genauso wie
das Ungetüm –, wurde er sehr müde. *Die verabreichen
mir Schlafmittel,* war sein letzter Gedanke, bevor er in
einen tiefen, traumreichen Schlaf fiel. Ein Traum, aus dem
er gerne wieder erwachte und nach dem es sich fast
schon sicher anfühlte in seinem Gefängnis.

Ein schwarzer Drache, der sich meterhoch vor ihm aufbaute und gefährlich seine Krallen nach ihm ausstreckte, die scharf wie Messerspitzen waren und sich in der Sonne, die vom Himmel herabfunkelte, spiegelten. Er rannte um sein Leben. Setzte einen Fuß vor den anderen, doch er kam nicht vom Fleck. Das Ungeheuer kam näher, und schon bald würde es ihn in Stücke reißen.

Er musste geschrien haben, als dieser Drache ihn angegriffen und mit seinen Zähnen, die nach verbranntem Fleisch stanken, nach ihm geschnappt hatte. Dadurch war er schlussendlich aufgewacht. Er hatte eine ganze Weile gebraucht, bis er begriff, wo er war.

Er hörte schlurfende Schritte, die seinem Gefängnis näher kamen. Er machte sich bereit. Bereit für … Kampf … Flucht … Resignation … oder irgendetwas dazwischen. So genau konnte er das selbst nicht einordnen. Sein Körper war geschwächt, und auch sein Hirn fühlte sich wie Matsch an. Die Tür ging auf, und ein Lichtstrahl erhellte den Raum. Dann packte ihn jemand am Oberarm und zerrte ihn nach oben.

»Komm hoch, du Dreckstück«, sprach eine weibliche Stimme zu ihm. Der Gedanke daran, endlich zu erfahren, wer dieses böse Spiel mit ihm trieb, zwang ihn dazu, seine Augen direkt auf ihren Kopf zu richten. Doch die Kapuze der Kutte warf einen dunklen Schatten und verbarg ihre Identität. Sie sah aus wie ein gesichtsloses Etwas, das ihm noch mehr Furcht einjagte als der schwarze Drache. Da hörte er aus der Ferne einen eigenartigen Singsang erklingen, der ihm einen Schauer über den Rücken rinnen ließ. Es waren Worte, die wie ein Fluch klangen.

Seine Augen wurden verbunden, und eine Hand zerrte ihn einige Schritte aus seinem Gefängnis heraus und ließ dann los. Georgs Herz klopfte wie wild. Seine Muskeln waren angespannt, und jeder Schritt erwies sich als Herausforderung.

Die Frauenstimme sagte hinter ihm: »Beweg dich endlich«, und stieß ihm mit der flachen Hand in den Rücken.

Was kommt jetzt? Eine Treppe vielleicht, und ich werde mehrere Meter hinunterfallen? Oder vielleicht stürze ich durch eine Tür ins Freie hinaus?

Der merkwürdige Singsang wurde lauter, und es roch nach Benzin. Georgs Hände fingen an zu schwitzen, und sein restlicher Körper zitterte.

Sie werden mich abfackeln. Diese Hexen fackeln mich ab. Sie werden mich mit Benzin übergießen, und ich stürze den Abhang als brennende Fackel hinunter.

»Bitte aufhören!«, schrie er dem Singsang entgegen. Als Antwort spürte er einen spitzen Gegenstand in seinem Rücken. Vorsichtig setzte er einen Fuß nach vorne. Immer weiter über den glatten Boden. Georg versuchte, sich auf den Text zu konzentrieren.

Indulge, fatum, nobis exorcizare cupiditatem, retundere cupiditatem, expellere cupiditatem. Per ego atram caliginem iuro, te extraham ex cupiditate. Divites reveniemus. Exorcizamus te, anima arcana, catenisque exsolvo. Per ego oro measque, fatum, tuasque sorores opertae noctis et fatidicae.

Latein, das war eindeutig Latein. Allerdings waren seine Sprachkenntnisse eingerostet, und er bekam nur Wortfetzen mit.

Schicksal ... auszutreiben ... reich zurückkehren ... Seele ... Ketten ...

Scheiße, die machen hier eine Teufelsaustreibung mit mir, schoss es ihm durch den Kopf. *Aber was habe ich denn gemacht?* Immer stärker wurde der Benzingestank, doch er spürte keine Hitze. *Ist das gut oder schlecht?,* überlegte er, während er einen weiteren Fuß nach vorne setzte. *Vielleicht sind das auch die Drogen, die sie mir verabreicht haben, dass ich keine Schmerzen spüre.* Er war ganz nah an den Frauen, die die »Teufelsaustreibung« mit ihm vollzogen.

Georg, ordne deine Gedanken. Konzentriere dich. Du hast erst vor Kurzem etwas über Teufelsaustreibung gelesen. Die Opfer überlebten alle. Okay, unter Höllenqualen, aber sie überlebten. Fast schon hätte er aufgeatmet vor Erleichterung, da zwang ihn ein heftiger Schlag in seine Kniekehlen zu Boden. Der Schmerz durchfuhr seinen Körper, doch er wagte es nicht, aufzuschreien. Die Angst vor weiterer Bestrafung war zu groß. Vielleicht sollte er sich am Boden winden und fauchen wie ein verletztes Tier. *Machte das Opfer das nicht bei einem Exorzismus? Fuck, wie war das noch mal?*

Gerade als er überlegte, sich auf den Boden fallen zu lassen, in der Hoffnung, dass da noch ein Boden war und nicht ein Abgrund, befahl ihm die Frauenstimme: »Einsteigen!« Im ersten Moment war er verwirrt, doch dann kapierte er. Durch den Singsang hatte er das Motorengeräusch des Autos nicht hören können. Daher kam auch der Benzingeruch. Wollten sie ihn etwa ersticken lassen? Dann spürte er den Einstich im Hals, und nach einigen Sekunden war da nur noch ein schwarzes Loch, das vor seinen Augen aufging und ihn mitriss in seine eigene Hölle. Der Teufel persönlich holte ihn lächelnd an der Pforte ab.

19

München, Sonntag früh

»Hast du ernsthaft geglaubt, dass du bei Google mit dem Namen Nadine etwas herausfindest?« Das waren Worte, die Drea auf keinen Fall hören wollte. Und schon gar nicht von Michael, der sie angrinste wie ein Honigkuchenpferd.

»Es hätte sein können, dass wir etwas finden, oder nicht? Seien wir mal ernst. Irgendjemand muss sie doch vermissen, oder etwa nicht?« Drea kritzelte auf ihren Zettel weitere kleine Strichhäuschen, bis sie den Kugelschreiber zur Seite legte. »Ach, ich weiß ja auch nicht. Diese ganze Sache wird immer merkwürdiger, findest du nicht? Vielleicht ist die Frau tot?«

»Da wir nicht von der Polizei sind, werden wir das wohl nicht herausfinden. Also hör auf, dich zu verhalten wie ein Protagonist aus einem deiner Thriller. Hör auf, deine Nase in Angelegenheiten zu stecken, die dich nichts angehen.«

»Gib es doch zu. Dich interessiert das doch auch.«

»Nein? Mich interessiert nur, dass am Montag das Flugzeug abhebt und wir endlich wieder nach Hause kommen.«

Drea stand auf und schnappte sich ihr Telefon. »Du bist ein … Spielverderber.«

»Ich bin ein bitte was? Welches Spiel ist das denn? Hexenfangen? Geisteskranke jagen?«

»Egal. Ich treff mich mit Franziska.«

»Nein, nein. Du gehst nicht allein. Wer weiß, auf welche schwachsinnigen Ideen ihr beide kommt.«

***

Drea, Michael und Franziska saßen im Café gegenüber dem Perlacher Forst. Natürlich hatte Michael dagegen protestiert, dass sie sich ausgerechnet am Fundort von Roland Ertl trafen. Oder zumindest in der Nähe, wie er doch etwas beruhigter beim Eintreffen feststellte.

»Also«, sagte Franziska und schaute von ihrem Handy auf. »Es gibt eine Vermisstenmeldung einer Nadine Brauner. Allerdings ist die gute Dame aus Regensburg. Und bis zum heutigen Tag nicht aufgetaucht. Zumindest weiß mein ... Informant nichts davon.«

»Sag mal, woher hast du denn deine Infos?«, fragte Drea neugierig.

»Es ist ein Bekannter, der einen Schulfreund hat, der ihm einen Gefallen schuldet.« Franziska schmunzelte verschwörerisch.

»Ich glaub dir kein Wort.« Drea lachte.

»Macht nichts. Egal jetzt. Also, die Nadine aus Regensburg kann es wohl kaum sein. Das ist viel zu weit weg.«

Drea nickte zuerst zustimmend, dann schüttelte sie den Kopf. »Wer sagt denn, dass Nadine in Regensburg festgehalten wurde? Sie könnte doch genauso gut hierher verschleppt worden sein.« Ihr Gesichtsausdruck war nachdenklich.

Da warf Franziska ein: »Oder Roland Ertl wurde in Regensburg festgehalten. Oder vielleicht irgendwo dazwischen. Und Nadine Brauner ist noch dort und wird gefangen gehalten.«

»Aber wie soll er dann in den Perlacher Forst gekommen sein?«

»Mädels«, mischte sich Michael in das Gespräch ein. »Ich bin nun geistig ausgestiegen. Eure Theorien sind sicher toll. Nur leider etwas wirr. Und vor allem führen sie zu gar nix.«

»Du hast recht«, sagte Drea. »Ohne Motiv wird es sicher schwer sein, herauszufinden, was da abläuft. Egal. Franziska, lass uns ein wenig spazieren gehen und frische Luft schnappen.«

»Das hab ich befürchtet«, sagte Michael, stand aber ebenso auf, und sie verließen zu dritt das Café.

Nach gut zehn Minuten Fußmarsch hatten sie den Ort erreicht, an dem Roland Ertl gefunden worden war. Drea und Franziska blickten sich suchend um.

»Und ihr beide glaubt, dass wir hier Hinweise finden, die die Polizei noch nicht gefunden hat. Ist klar«, meinte Michael und lachte.

»Was bist du denn heute so negativ?«, fragte Drea. »Du bist doch sonst nicht so.«

»Ich bin nicht negativ. Nur realistisch.«

Drea und Franziska ließen sich nicht abhalten und suchten das nahe liegende Gebüsch nach Spuren ab. Michael hatte es sich in der Zwischenzeit auf einer der Parkbänke gemütlich gemacht und schloss die Augen. Die Sonne schien ihm auf sein Gesicht.

Da läutete Dreas Telefon. Auf dem Display stand ›Alexander Hoflechner‹.

»Hallo Alex«, sagte Drea. »Was gibt es Neues?«

»Du errätst nie, wer mich gerade angerufen hat!«, rief er ins Telefon.

»Ich weiß es nicht. Aber du wirst mir das hoffentlich gleich sagen.«

»Stefanie Schafstall.«

»Aha«, entgegnete Drea und kramte in ihrem Hirn nach einem Hinweis, wer diese Dame wohl sein könnte.

»Und was, glaubst du, hat sie mir erzählt?«

»Bitte, Alex. Wir sind hier nicht in einer Quizshow. Also, rück raus mit der Sprache!«

»Diese Nadine wurde gefunden.« Es gluckste am anderen Ende der Leitung. Vermutlich lachte er vor Freude.

»Okay. Wo ist sie, und wann können wir mit ihr sprechen?«

»Das könnte sich als ein wenig schwierig herausstellen. Spaziergänger haben sie gestern Abend in einem Naturschutzgebiet gefunden. Das ist bei Regensburg. Sie ist mehr tot als lebendig.«

»Okay, das muss also diese Nadine Brauner sein, die vermisst gemeldet war. Die lebte in Regensburg. In welchem Krankenhaus liegt sie?«

»Du kannst dort nicht hinfahren. Sie steht unter Polizeischutz, hat mir Stefanie erzählt. Keiner darf zu ihr. Nur der engste Familienkreis.«

»Die Adresse von dem Krankenhaus will ich haben!« Dreas Zähne knirschten, so sehr presste sie die Wörter dazwischen hervor.

»Sie liegt im Krankenhaus Barmherzige Brüder in Regensburg.«

Sie beendete das Gespräch.

Franziska war gleich Feuer und Flamme. »Oh ja, lass uns nach Regensburg fahren. Das sind knappe eineinhalb Stunden von hier aus.«

»Moment«, sagte Michael und hob die Hand in die Höhe. »Nur mal so eine Frage am Rande. Was genau wollt ihr nun in Regensburg, bei der Nadine irgendwie, bei der vermutlich Schläuche aus allen Körperöffnungen hängen? Sie kann mit euch nicht sprechen. Also, was sollen wir dort?«

Auf dem Weg zurück zum Auto redete Michael unentwegt auf die beiden ein, dass diese Fahrt so sinnvoll wäre, wie einem Stück Brot das Sprechen beizubringen. Schlussendlich gab Drea nach.

»Gut, dann fahren wir halt nicht.« Bockig verschränkte sie ihre Arme vor dem Brustkorb.

Michael kam ganz nah an sie heran. »Schatzi. Das hat echt keinen Sinn.«

»Und was sollen wir sonst machen, deiner Meinung nach? Das ist eine heiße Spur.«

»Wie wäre es, wenn wir die anderen Opfer ausfindig machen? Ich meine, in der heutigen Zeit gibt es ja Telefone und Facebook.« Franziska strahlte über das ganze Gesicht.

»Auch eine gute Idee«, sagte Drea. »Lass uns in unsere Wohnung hier fahren. Da haben wir die notwendige Ruhe.«

20

Bottrop, Sonntag mittags

»Hilfe«, keuchte Sören, als er die Person sah, die auf dem
Feld spazieren ging. Seine Stimme klang rau, und sosehr
er sich auch bemühte, auf sich aufmerksam zu machen,
die Person konnte ihn nicht hören. Vermutlich war ein
Hund dabei, denn Sören sah, dass ein Stock geworfen
wurde. Leider immer wieder in die entgegengesetzte
Richtung. Einige Male hatte er versucht aufzustehen, aber
das Halsband gab ihm nur wenig Bewegungsfreiheit. Er
reizte es bis zum Äußersten aus, doch es schnitt ihm in die
Kehle und raubte ihm den Atem, sodass er immer wieder
keuchend auf der Erde landete. Er schaffte es nicht
einmal, sich hinzuknien.

Plötzlich kam ihm eine Idee. Mit seinen Fingern
tastete er nach der Eisenkette, an der das Halsband
festgemacht war, und schlug sie mit aller Wucht gegen
das Holz. Doch außer einem kurzen Klirren und einem
leisen Knarren war nichts zu hören. Kein Wunder, dass die
Person sich nicht zu ihm umdrehte.

»Bitte, helfen Sie mir«, krächzte Sören wieder. Doch
auch diesmal verstand er kaum sein eigenes Wort. Fast
schon glaubte er, dass er nur in seinen Gedanken sprach.
Ein Schwall Müdigkeit durchfuhr seinen Körper, und seine

Muskeln wurden schlapp. Für einen Moment, der ihm wie ein Augenaufschlag vorkam, schloss er seine Augen. Als er sie wieder öffnete, war die Person verschwunden.

»Fuck«, murmelte er vor sich hin und suchte mit seinen Blicken nach der Person. Doch sie blieb verschwunden. Sein Kopf sank Richtung Brustkorb, und Tränen der Verzweiflung rannen seine Wangen hinab. *Wie entkomme ich dieser Hölle bloß?*

Trotz des leichten Schwindels, der seinen Kopf durchzog, versuchte er, einen klaren Gedanken zu fassen. Wie durch Wattebäuschchen kamen die Fragen, die ihn beschäftigten und auf die er keine Antwort wusste. *Wer um Himmels willen könnte hier dahinterstecken? Wer hasst mich so sehr, dass er mir solche Grausamkeiten antun würde?*

Seine Augen wanderten zur Tür, die zwar nur knapp einen Meter von ihm entfernt war, dennoch konnte er sie trotz größter Anstrengung nicht erreichen. Und auch wenn er dies geschafft hätte, war er immer noch angekettet wie ein räudiger Hund.

»Ich muss es hier rausschaffen, und dann werde ich die Wahrheit herausfinden.« Aber sosehr er sich selbst Mut zusprach, erwachte zwar sein Kampfgeist, doch sein Körper war gefangen in einer Art Kokon, der seine Anweisungen nicht hindurchließ.

»Denk nach, denk nach, denk nach«, wiederholte er

immer wieder. *Wie wurde das Band um meinen Hals angelegt? Über meinen Kopf gezogen, oder hat es eine Art Verschluss?*

Er hob seine Hände und tastete mit den Fingern seinen Hals entlang. Und das kleine Vorhängeschloss, das er nach kurzer Zeit an seinem Nacken erfühlte, nahm ihm all seine Kraft, und er ließ seine Hände sinken. Diese Erkenntnis, hier niemals wieder herauszukommen und hier drinnen vielleicht elendig zugrunde zu gehen, traf ihn wie eine Abrissbirne vor den Kopf. Niemals wieder würde er seine Freunde sehen. Keine Partys mehr. Nie wieder Sex haben.

Wie lange dauerte es, bis ein Mensch verdurstete? Das trat doch schneller ein als das Verhungern, oder? Er zog Bilanz in seinem Kopf. Gestern Abend hatte er etwas getrunken. Also würde er im Höchstfall noch drei Tage überleben können. Doch kam es nicht auch auf die Außentemperaturen an, wie viel Flüssigkeit ein Mensch brauchte?

»Hör auf mit diesen Gedanken«, sagte er zu sich selbst. »Du wirst das hier überleben, und du wirst hier wieder rauskommen.«

21

»Ich bin echt genervt. Das sag ich euch.« Drea stand auf und schritt im Zimmer auf und ab. Michael und Franziska schauten von ihren Telefonen auf. »Irgendwie drehen wir uns im Kreis. Es gibt zwischen Nadine Brauner und Roland Ertl keinerlei Verbindung. Auch zwischen den anderen Männern finden wir keine. Es ist wie … verhext.«

»Es gibt immer eine Verbindung.« Nun stand auch Franziska vom Sofa auf.

Drea hatte sich abgewandt und schaute aus dem Fenster hinaus. Die Wolken zogen am Himmel entlang und ließen die Sonne nur punktartig einzelne Gebäude beleuchten. »Klar gibt es eine Verbindung. Keiner von denen ist seitdem online gewesen oder auch telefonisch erreichbar. Was ich keinem verdenken kann. Nach so einem Erlebnis würde ich auch erst mal mit niemanden mehr reden wollen. Aber sonst haben die alle nichts miteinander zu tun gehabt. Nicht mal gleiche Wohnorte. Wir müssen diese Sekte finden. Es muss doch einen Hinweis darauf geben. Das gibt es doch alles nicht. Wir sehen das große Ganze nicht. Es ist so wie mit den Sonnenstrahlen hier. Wir beleuchten nur Punkte, aber sehen nicht die Sonne.«

»Klingt sehr poetisch«, warf Michael ein. »Aber was ist nun das große Ganze?«

»Wenn ich das bloß wüsste«, sagte Drea, schnaubte und starrte auf den Zettel mit den Namen der Opfer. Diese hatten die drei mühevoll die letzten Stunden aus den Zeitungsberichten und aus dem Internet zusammengesammelt.

»Vielleicht haben die alle die gleichen Drogen genommen?«, sagte Franziska. »Roland Ertl hat doch irgendwas erzählt von einer neuen Substanz, die die Polizei in seinem Blut gefunden hat. Es gibt doch solche Höllentrips, oder nicht?«

»Der Ansatz ist gut.« Drea zog eine Schnute, wie sie es immer machte, wenn sie überlegte, und sprach nach einer kurzen Pause weiter. »Aber da stellt sich mir die Frage, woher sie alle dieses Zeug haben. Und vor allem, das mit den Hexen ist bei jeder Aussage das Gleiche. Unmöglich, dass alle Personen den gleichen Trip erlebt haben. Oder doch möglich? Ich kenn mich nicht aus mit Drogen. Sollten wir googeln, ob das geht.«

Gesagt, getan.

Einige Momente später fasste Drea zusammen: »Mal angenommen, sie bekommen diese Droge in ein Getränk gemischt und werden alle mit der gleichen Suggestion gefüttert ...«

»Suggest-was?«, unterbrach Franziska sie. »Was soll das sein?«

»Eine Suggestion zielt darauf ab, dass man – in diesem Fall hier mit Worten – Gedanken beeinflusst und die Menschen dazu bringt, bestimmte Handlungen zu vollziehen. Aber es gibt Tausende von Anwendungsmöglichkeiten. In meiner Arbeit hatte es meist das Ziel, positiv zu denken oder im Zuge einer Diät zu unterstützen. Wie Hypnose. Verstehst du?«

»Ah, das heißt, vielleicht haben wir es doch nicht mit Hexen zu tun?«, sagte Franziska.

»Gut möglich.« Drea drehte sich zu den beiden um. »Ich denke, wir sollten uns nochmals mit Roland Ertl unterhalten. Vielleicht kann er sich an bestimmte Worte erinnern. Und dann verstehen wir auch den Zusammenhang. Hoffe ich zumindest.«

***

Keine zwanzig Minuten später standen die drei erneut vor Roland Ertls Haus. Durch das Licht, das nun in den Garten fiel, sah Drea, dass der Rasen gepflegt war und das Haus auch sonst einen recht ordentlichen Eindruck machte. Drea beschäftigte nur ein Gedanke: Wieso sollte diesem Mann etwas angetan werden?

Die Klingel ertönte, und kurz darauf erschien Roland Ertl im Türrahmen. Diesmal hatte er sich die Sicherheitsmaßnahmen gespart und die Tür ganz geöffnet. »Ich dachte mir schon, dass ihr wiederkommt. Mir ist etwas eingefallen, was vielleicht wichtig sein könnte.« Er machte eine einladende Handbewegung.

Auch im Innenbereich machte alles einen gepflegten Eindruck. Außer Roland Ertl selbst, der in der Zwischenzeit auf einem der Stühle im Esszimmer Platz genommen hatte. Er war unrasiert, und seine Kleidung wies etliche Arten von Flecken auf. Offensichtlich hatte er sich seit Längerem weder gewaschen noch seine Kleidung gewechselt. Die fettige blonde Haarsträhne, die auf seiner Stirn klebte, unterstrich diese Vermutung.

Franziska und Michael setzten sich an seine Seite, und Drea nahm ihm gegenüber Platz und wartete, bis der Mann sein Schweigen brach. Anscheinend kostete es ihn viel Überwindung, darüber zu sprechen, denn einige Male atmete er tief durch, setzte zum Sprechen an, blieb aber stumm.

»Meine Freundin ist vor zwei Wochen ausgezogen. Wir haben uns einfach auseinanderge…« Er unterbrach sich selbst und machte eine wegwerfende Handbewegung. »Egal. Das ist jetzt nicht wichtig. Also, sie war hier, in der Zeit, als ich entführt worden bin, und hat all meine elektronischen Geräte mitgenommen. Dachte ich zumindest. Natürlich hab ich sie angerufen und gefragt, was das wird, wenn es fertig ist. Aber sie hat mir zu hundert Prozent versichert, dass sie es nicht gewesen ist. Verstehen Sie? Meine Entführer haben mir meinen Computer und meinen Laptop geklaut. Sogar den E-Book-Reader haben die mitgehen lassen.«

»Fehlen auch Wertsachen? Bargeld?«, fragte Drea.

»Ja, die Uhr von meinem Vater ist fort. Die ist mindestens fünftausend Euro wert. Auch das Bargeld, es waren nur ein paar Kröten, aber trotzdem, auch die sind verschwunden.«

»Also war es Raub und Entführung«, schlussfolgerte Drea. »Das ist natürlich ein interessanter Hinweis. Jetzt ist mir auch klar, warum die anderen Opfer telefonisch nicht erreichbar waren. Auch ihnen wurde vermutlich alles geklaut.«

»Ja, mein neues Samsung ist auch verschwunden. Ich habe das bei der Polizei angegeben. Aber das Telefon wurde seitdem nicht mehr benutzt und kann deshalb nicht geortet werden. Sagen zumindest die Spezialisten dort. Und zu allem Überfluss habe ich die Seriennummer nicht notiert. Wer geht auch davon aus, dass es geklaut wird?«

»Leider muss man heutzutage immer auf den Notfall vorbereitet sein«, sagte Michael und bekam sofort einen strafenden Blick von Drea.

»Ja, wenn ich das früher gewusst hätte.« Seufzend wandte Roland Ertl seinen Blick von Drea ab und ließ ihn im Raum umherschweifen.

»Ich weiß, das hat Sie die Polizei sicher schon gefragt, und ich habe Ihnen diese Frage schon mal gestellt«, sagte Drea. »Aber ich frage nochmals: Haben Sie einen Verdacht, wer Ihnen diese schrecklichen Dinge angetan hat?«

»Nach unserem letzten Gespräch hab ich intensiv darüber nachgedacht. Es gibt in meinen Augen nur einen Verdächtigen. Meinen Nachbarn. Der steckt hinter dieser Sache. Schon seit Jahren macht er mir das Leben zur Hölle. Wissen Sie, wie oft der seinen Rasen mäht? Einmal im Monat. Sein ganzes Unkraut, das er Gemüsegarten nennt, wuchert zu mir unter dem Zaun durch.«

»Ich kann mir nicht vorstellen, dass Ihr Nachbar damit etwas zu tun hat. Das wäre doch etwas übertrieben für einen Nachbarschaftsstreit.«

»Ach, dem Mistkerl traue ich alles zu. Die Polizei hat ihn befragt, aber er gibt an, ein Alibi zu haben. Er war angeblich bei seiner Schwester, als ich entführt wurde. Die stecken doch alle unter einer Decke. Das liegt doch klar auf der Hand.«

»Dann hoffe ich, dass die Polizei das bald aufklären wird«, sagte Drea. »Herr Ertl? Woran können Sie sich noch erinnern, was Ihnen zugestoßen ist?«

»Wie gesagt, es ist alles sehr undeutlich. Das mit den Ameisen und dem Wasser. Und eines Nachts wurde ich zwischen zwei Bäumen gefesselt und mit verbundenen

Augen dort hängen gelassen. Überall waren diese Geräusche, dieses Knirschen der Äste, Flügelschlagen, sogar einen warmen Hauch auf meiner Haut habe ich gespürt. Ich habe mir vor Angst ... na ja, Sie wissen schon, was ich meine. Ist peinlich genug, das zugeben zu müssen.«

»Das braucht Ihnen nicht peinlich zu sein. Ich denke, das wäre jedem so ergangen«, sagte Drea, und auch Michael und Franziska nickten zustimmend. »Eine Frage hab ich noch an Sie, dann sind Sie uns los. Können Sie sich an die Worte erinnern von diesem – nennen wir es mal – Fluch?«

Einen kurzen Moment dachte Roland Ertl nach. »Nein. Das war mit Sicherheit kein Deutsch. Das klang französisch oder vielleicht sogar nach Latein. Ich kann leider beide Sprachen nicht. Doch was ich mit Sicherheit weiß: Es waren Frauenstimmen, die ich gehört habe.«

22

Bischweier, Sonntag mittags

Georg öffnete seine Augen. Das Erste, was er wahrnahm, waren die gebogenen Metallwände um ihn herum. Er war in einer Art großem Bottich gefangen. Oben am Dach war eine Luke, die geöffnet war, und er konnte dadurch den blauen Himmel sehen. Es ging meterhoch nach oben, und die Luft war stickig. *Das hier ist wie in einem Silo,* stellte Georg fest. Er lag noch immer auf dem Boden. Jeder einzelne Knochen tat ihm weh. *Haben die mich etwa durch die Luke hereingeschmissen?* Er tastete seinen Körper nach etwaigen Verletzungen ab und bemerkte dabei, dass seine Hände keine Fesseln mehr trugen. Erstaunt schaute er die Striemen an seinen Handgelenken an und fragte sich, was das nun wieder zu bedeuten hatte. Nachdem er auch seinen Kopf mit den Händen begutachtet hatte und kein Blut zu finden war, richtete er sich langsam auf.

Okay? Wenn die mich nicht reingeworfen haben, wie bin ich sonst hierhergekommen? Er drehte sich nach allen Seiten um, doch er sah keinen Ausgang. Es blieb also nur die Dachluke als Möglichkeit über. *Vielleicht an einem Seil herabgelassen? Aber jemand hätte das lösen müssen, als ich am Boden angekommen bin.*

Er stand auf und tastete die Blechwand ab. Sie war komplett glatt. Dann starrte er wieder nach oben. Die Wände hochklettern war keine Option. Niemals würde er hier hochkommen. Dieses beklemmende Gefühl stieg in seinem Brustkorb auf, und er atmete tief ein und wieder aus. *Scheiße, nicht hier drinnen einen Anfall*. Er klopfte mit den Händen seinen Körper ab. Doch da er hier nur in seiner Unterwäsche stand, war die Suche erfolglos. Sein Spray blieb verschwunden. Mit zusammengekniffenen Augen suchte er den Boden ab, doch auch dort war es nicht zu finden. Diese Erkenntnis brachte seinen Körper noch mehr in Aufruhr, und sein Atem stockte leicht. Ein Hustenanfall folgte. Das tiefe Luftholen in der stickigen Umgebung kratzte noch mehr im Hals, und der nächste krächzende Laut drang aus seiner Lunge.

»Ich brauche mein Spray, sonst krepiere ich hier!«, schrie er hinauf ins Freie, und das Echo, das der Raum erzeugte, vibrierte förmlich in seinen Knochen. Ein Brennen in seiner Brust kündigte den nächsten Anfall an. Er ging in die Hocke und hoffte, den Anfall in dieser Position abfangen zu können. Ein hämmernder Kopfschmerz begleitete ihn. Sein Schädel würde jeden Moment zusammen mit seiner Lunge explodieren, und sein Körper bestünde dann nur noch aus einem Haufen Eingeweiden, die an den Wänden kleben blieben. Er schüttelte den Kopf, um diese Gedanken aus seinem Hirn zu verbannen. Obwohl er gerne Thriller las und ihm auch die wildesten Fantasien so mancher Autoren beim Lesen eine Gänsehaut bescherten, wollte er so etwas niemals live erleben. Und das Opfer zu sein, kam für ihn gar nicht infrage. Aber für wen war das schon eine Option?

Die Luft wurde immer dünner, zumindest kam ihm das so vor. Noch einmal richtete er seinen Kopf nach oben, in der Hoffnung, dass ihn jemand hörte.

»Bitte. Gebt mir mein Spray. Ich mache alles, was ihr wollt. Ich verspreche es.«

»Alles?«, tönte es von oben und schallte wie durch einen Lautsprecher zu ihm herunter. Durch die Lautstärke, die eindeutig zu hoch eingestellt war, dröhnte das Wort ohrenbetäubend in seinem Hirn und verstärkte den Druck. Schützend legte er die Hände auf seine Ohren und senkte den Kopf.

»Ja, alles«, wimmerte er mehr, als er sprach.

»Dann trink das Wasser, das in der Flasche am Boden ist. Aber du musst alles trinken. Dann bekommst du deinen Inhalator.«

Georg wollte erwidern, dass hier keine Flasche stehe, und ließ seinen Blick schweifen. Doch noch bevor er zu einem Wort ansetzen konnte, stand ihm gegenüber fast direkt neben der Blechwand eine Plastikflasche. Wie war das denn möglich? Die hatte vorher doch noch nicht da gestanden. *Hab ich die übersehen? Ich hab doch überall geschaut.*

Ohne sich weiter Gedanken darüber machen zu wollen, schritt er auf die Flasche zu und trank sie in einem Zug leer. Es schmeckte zwar nach Katze, die drei Tage am Straßenrand verwest war, und Georg musste einen Würgereflex unterdrücken, doch für seine rettende Medizin würde er alles tun. Als der letzte Schluck seine Kehle hinunterfloss, hoffte er inständig, dass der bittere Geschmack nicht tödlich für ihn sein würde. Denn dann half auch der Inhalator nicht.

»Wie dumm von mir«, redete er vor sich hin, gefolgt von einem Rasseln in der Stimme, das sich zu einem gigantischen Hustenanfall ausbreitete und in seinen Lungen brannte wie Feuer.

»Was ist jetzt mit meinem Spray?«, schrie er in die Höhe.

Ein verhöhnendes Lachen kam wie aus dem Nichts und krallte sich in seinen Gehirnwindungen fest.

Ein seltsames Kribbeln machte sich in ihm breit. Wie Tausende Ameisen, die über seinen Körper krabbelten. Hitze suchte seine Gliedmaßen heim, und binnen kürzester Zeit rann ihm der Schweiß die Stirn hinab. Für einen Moment schloss er die Augen und dachte an seinen hautlosen Freund, den er in dem einsamen Verlies zurückgelassen hatte. Sein Körper entspannte sich, obwohl sein Verstand in Aufruhr war. *Sind das nun die letzten Minuten meines Lebens? Aber wo ist dieser bekannte Film, den man doch vor seinem geistigen Auge sehen sollte, wenn es dem Ende zugeht? Fängt der von allein an zu laufen, oder muss ich an etwas Bestimmtes denken?*

Seine Knie fingen an zu zittern, und er konnte sich nicht länger auf den Füßen halten, so ließ er sich an der Wand entlang auf den Boden gleiten. Ein Scharren neben ihm erweckte seine Aufmerksamkeit. Das Spray lag direkt neben ihm! Aber wie war das möglich? Hunderte von Szenen brachen auf einmal auf ihn ein, und er schaffte es nicht, sich auf eine zu konzentrieren.

»Nimm das Spray«, ermahnte er sich und tastete danach. Sein Arm fühlte sich an, als wäre eine Tonne Blei daran befestigt. Nur mit größter Mühe schaffte er es, den kleinen Behälter zwischen seine Finger zu bekommen und zu sich zu ziehen. Noch bevor er die dringend notwendige Medizin einatmen konnte, sackte sein Körper in sich zusammen und versank in einen bösen Traum.

23

München, Sonntag nachmittags

»Also ehrlich. Das mit dem Nachbarn kann ich mir beim besten Willen nicht vorstellen«, sagte Drea und stützte sich auf die Lehnen der vorderen Autositze. Michael, Franziska und sie hatten vor ein paar Minuten das Grundstück von Roland Ertl verlassen und waren auf dem Weg zurück in die Ferienwohnung.

»Ne, das denke ich auch nicht. Davon abgesehen, bei unserem ersten Besuch hat er davon nichts erwähnt. Und nun gibt es einen Hauptverdächtigen, der auf dem Silbertablett präsentiert wird?« Michael schaute zu ihr. »Aber wer ist es denn sonst? Was für ein makabres, bösartiges Spiel ist das denn? Nicht mal der Mann selbst weiß, warum ihm das passiert ist. Also, wenn das eine Art Strafe oder Rache sein sollte, dann müsste es doch einen Hinweis geben, oder?«

»Macht irgendwie keinen Sinn, ja«, murmelte Drea vor sich hin.

»Es ist ein Auftragsmörder!«, schrie Franziska förmlich heraus, und die anderen beiden schraken auf.

»Boah, Franziska. Bitte! Kannst du das unterlassen? Da kriegt man ja einen Herzinfarkt, wenn du so schreist.« Drea schaute sie böse an.

Michael hingegen griff sich theatralisch an seine linke Brustseite und mimte den sterbenden Schwan. Zu allem Überfluss ließ er seine Zunge aus dem Mund heraushängen.

»Du bist doof«, sagte Drea lachend und boxte ihn gegen die Schulter. »Jetzt mal ernsthaft. Wenn wir es hier mit einem Auftragsmörder zu tun haben, dann ist klar, warum die Opfer nichts gemeinsam ...« Drea hielt inne und schaute nachdenklich durch die Windschutzscheibe.

Michael wandte sich an Franziska und schmunzelte: »Das hat sie manchmal. Sie beginnt zu sprechen und hört mitten im Satz auf und schwelgt in Gedanken. Aber keine Sorge, ist nicht ansteckend.«

Franziska lachte, und Drea lehnte sich zurück.

»Es kann kein Auftragsmörder sein!«, sagte Drea nach sekundenlangem Schweigen. »Äh. Ihr habt etwas Entscheidendes vergessen. Es gibt keinen Mord, also auch keinen Auftragsmörder.«

Michael lachte schallend auf. »Wenn du dich mal wieder an einem Wort aufhängst, dann nenn ihn doch Auftragsquäler.«

»Ja, aber wieso werden die Leute gequält? Der Grund dafür, der muss uns bald mal einfallen. Davon abgesehen, die Opfer haben von diesem Hexenritual berichtet. Das passt auch nicht zu einem Auftrags... Quäler. Wieso fahren wir nicht nach Regensburg zu dieser Nadine Brauner? Vielleicht kann sie Licht ins Dunkel bringen.«

»Ja, machen wir das.« Franziska nickte.

»Wie wäre es, wenn wir zur Abwechslung mal etwas essen? Ich hab einen Bärenhunger.« Michael strich sich über sein kleines Waschbärbäuchlein.

»Klar«, sagte Drea. »Hier geht es um Leben und Tod, und du denkst ans Essen.«

»Stimmt. Darum dreht es sich bei mir gerade auch. Denn mein Magen knurrt wie ein Tier, das seit Tagen nichts mehr zu fressen bekommen hat.«

»Okay, ich kenne da ein kleines Restaurant«, sagte Franziska. »Da gibt es gutbürgerliche bayerische Küche. Da werden wir hinfahren. Und es liegt direkt auf dem Weg nach Regensburg.« Sie bog an der nächsten Kreuzung ab.

»Ich möchte hier anmerken, dass ich dagegen bin, dass wir nach Regensburg fahren.« Michael schaute zuerst zu Drea und dann zu Franziska.

»Ach, Schatzi«, sagte Drea. »Ist Recherche. Und sei mal ehrlich, spannend ist das schon. So was erlebt man nicht alle Tage.«

***

Gestärkt und mit vollem Magen waren die drei schon seit eineinhalb Stunden unterwegs und würden in den nächsten Minuten am Krankenhaus eintreffen. Drea und Michael hatten die Plätze getauscht, somit saß sie nun auf dem Beifahrersitz. Michael hatte es vorgezogen, seine Augen zu schließen, und gab leise Schnarchlaute von sich.

»Lass uns überlegen, wie wir an diese Nadine rankommen. Was sagen wir, wenn uns jemand fragt, wer wir sind?«, fragte Drea nach einer Weile und beobachtete die Felder und Wiesen, die neben der Autobahn vorbeizogen.

»Wir sagen einfach, dass wir ihre Cousinen sind.«

»Ja, das ist eine gute Idee. Denn als Familienmitglied kommst du meist zu jedem.«

Knappe fünf Minuten später parkte Franziska den Wagen auf dem Besucherparkplatz. Michael war wieder aufgewacht aus seinem Power Napping, wie er es gerne nannte, und alle drei stiegen aus.

Sie betraten die Eingangshalle des Krankenhauses, und eine Geruchsmischung aus Zitrone und Desinfektionsmittel schlug Drea entgegen. *Ich hasse Krankenhäuser, genauso wie Zahnärzte. Da riecht es auch so.*

›Information‹ stand über dem gläsernen Kasten an der linken Seite des Eingangs. Die ältere Frau, die darin saß, musterte die drei. Drea ging näher heran und lächelte freundlich. Doch die Dame lächelte nicht zurück. Ein missbilligender Blick folgte über ihre Brille hinweg.

»Hallo. Guten Tag«, begann Drea. »Wir suchen unsere Cousine Nadine Brauner. Sie soll hier bei Ihnen auf der Intensivstation liegen, haben wir gehört.«

Die Frau antwortete nicht, sondern tippte auf ihrer Tastatur den Namen ein. Leider nicht mit dem Zehnfingersystem, sondern mit dem Zeigefingersuchsystem, was die sowieso schon quälende Zeit zwischen den einzelnen Anschlägen um ein Stück verlängerte.

Ohne ein Wort zu sagen, nahm sie den Telefonhörer in die Hand und wählte.

»Ja, hier Information. Ich habe hier die Cousinen von Frau Brauner. Ja, das weiß ich doch selbst, steht ja im System. Kommst du runter? Wie?« Die Frau knallte den Hörer auf das Telefon und wirkte nervös.

Vor Sekunden noch hatte Drea gedacht, dass sie eine blöde, eingebildete Zimtzicke sei, doch anscheinend hatte das Telefonat sie von ihrem hohen Ross heruntergeholt. Innerlich musste sie schmunzeln.

»Also, meine Damen. Ich hab leider keine guten Neuigkeiten für Sie. Frau Brauner ist heute in den frühen Morgenstunden an ihren inneren Verletzungen gestorben. Wenn Sie mehr wissen wollen, dann müssten Sie sich mit den Eltern von Frau Brauner unterhalten. Die beiden müssten in der nächsten Stunde hier eintreffen. Nur die engsten Verwandten dürfen weitere Informationen erhalten.«

Dreas Herz klopfte bis zum Anschlag, und sie stammelte ein »Danke«. Sie schritt Richtung Ausgang und setzte sich auf die erste Bank, die sie fand. Auch Franziska und Michael setzten sich dazu.

»Na, wenigstens passt jetzt der Begriff Auftrags…«, begann Michael zu sprechen und wurde forsch von Drea unterbrochen.

»Sei still, bitte. Das ist echt unpassend im Moment.«

»Scheiße«, entfuhr es Franziska. »Sie ist tot.« Sie ließ ihren Kopf in ihre Hände sinken.

»Ich versuche nochmals, über Facebook etwas über die anderen Opfer herauszubekommen. Vielleicht haben wir ja ein Quäntchen Glück. Das könnten wir jetzt dringend gebrauchen.« Drea zog ihr Handy aus der Hosentasche. Sie persönlich hasste ja das Tragen von Handtaschen. Da bestand nur immer die Gefahr, diese irgendwo zu vergessen oder beraubt zu werden.

Sie drückte das Facebook-Icon auf ihrem Handy, und gerade als sie den ersten Namen, den sie von dem Foto auf Alexanders Notizzettel hatte, in die Suchleiste eingeben wollte, erschrak sie. Ein Posting von ihrem Kollegen Marcus Ehrhardt prangte wie eine Warnung auf ihrer Timeline, und sie drückte darauf, damit sie alles lesen konnte, was dort stand. Sie musste einige Male schlucken, ihr Mund war staubtrocken.

»Was steht da?«, sagte sie fassungslos und merkte, wie das Blut aus ihrem Kopf nach unten sackte. »Fuck. Das kann doch wohl nicht wahr sein! Das müsst ihr lesen, das würdet ihr mir sonst nicht glauben.«

Franziska und Michael steckten ihre Köpfe zusammen und lasen den Artikel. Keiner sagte ein Wort. Auch den beiden war die Angst in ihren Augen anzusehen.

24

Bottrop, Sonntag nachmittags

Sören schaute auf, als er den Motor eines Autos hörte, das anscheinend immer näher kam. Stundenlang hatte er sich seinen Kopf zermartert, wie er aus diesem Verschlag entkommen könnte. Eine halbe Ewigkeit hatte er die Tür angestarrt, in der Hoffnung, dass sie ihm eine Lösung offenbarte und zur Flucht verhalf. Doch all seine Bemühungen scheiterten. Und sein Wille, der vor wenigen Stunden noch bereit war, jeden Kampf auszufechten, winkte nun bereits von Weitem mit der weißen Fahne.

Der Wagen rollte immer näher, und es war Sören möglich, ihn zu sehen. Ein schwarzer Kleinbus der Marke Volkswagen. Der Bus hielt keine zwei Meter von seinem Gefängnis entfernt. Eisern reckte er seinen tonnenschweren Kopf in die Höhe und kniff die Augen zusammen. Er starrte auf den Bereich, in dem das Nummernschild sein sollte. Aber er sah die Tafel nicht.

Abgeklebt oder überhaupt nicht dran, schoss es ihm durch den Kopf. *Aber wieso? Sollte er vielleicht gar nicht sterben? Das würde erklären, warum er das Kennzeichen nicht sehen sollte. Wollten die ihn weiterquälen? Oder waren sie gekommen, um ihn zu retten und von seinem*

Leid zu erlösen? Alles nur ein dummer Scherz, und in einem Jahr lachten alle drüber?

Die Augen fielen ihm wieder zu, und dadurch, dass Sören seit längerer Zeit keine Flüssigkeit zu sich genommen hatte, waren seine Gedanken ein wenig benebelt, und er flüchtete sich in eine weit entfernte Realität, die nur ihm gehörte. Erst als sein Körper ruckartig nach vorne sank und er die Eisenkette rasseln hörte, kam er wieder zurück ins Hier und Jetzt.

»Bitte, trinken.« Sören flüsterte und versuchte, Spucke in seinem Mund zu sammeln, damit seine Zunge nicht am Gaumen festklebte.

»Gern doch«, sagte eine Frauenstimme. Es war definitiv nicht die Stimme von gestern Abend. Diese klang sehr sanft. Er nahm einen Duft nach Vanille wahr, der von ihrem Parfüm kommen musste. Auch wenn er sie nicht sehen konnte, da er leicht nach vorne gebeugt saß, fühlte es sich fast so an, als würde er in Sicherheit sein.

Sie drehte den Verschluss der Plastikflasche ab und setzte sie an seinen Lippen an. Ein widerlicher Gestank trat hervor. *Es könnte auch sonst was sein, ich würde es trinken,* dachte Sören und trank. Wenige Züge später war das eklige Gesöff in seinem Magen angelangt. Dieser blubberte und gab ächzende Geräusche von sich. *Wann habe ich eigentlich das letzte Mal etwas gegessen?,* fragte er sich noch, da wurde eine Art Vorhang vor seine

Gedanken geschoben. Wie automatisch fielen ihm die Augen zu. Er flog wie ein Vogel davon, zumindest nahm er das im ersten Moment an, bis er merkte, dass seine Füße über den Boden geschleift wurden. Der Aufprall seiner Schulter auf einem harten Untergrund holte ihn für Sekunden in die Realität zurück. Lange genug, um das Zuschlagen der Türen mitzubekommen und ein Aufheulen des Motors.

»Auf nach Bischweier«, sagte die Frauenstimme.

Silke, schoss es ihm durch den Kopf. Vor einer halben Ewigkeit waren die beiden ein Paar gewesen, und sie wohnte auch in Bischweier. Der letzte Gedanke hing an seiner ehemaligen Freundin, bevor die Drogen, die sein Herz durch sein Blutsystem pumpte, endgültig die Herrschaft an sich rissen.

25

München, Sonntag nachmittags

»Hallo Alex«, sagte Drea ins Telefon. »Stell dir vor, was ich soeben gelesen habe. Kannst du dich noch an den Typen erinnern, der bei der Lesung war? Der dich so angegangen ist? Anscheinend war derselbe gestern Abend in Vechta bei der Buchlesung von Marcus Ehrhardt. Dieser hat einen Post auf seiner Seite verfasst. Ich lese es dir vor, ja?«

»Klar. Ich bin gespannt. Aber Vechta und München sind schon ein Stück entfernt voneinander. Ob das wirklich derselbe war?«

»Franziska hat heimlich ein Video von dem Mann gemacht, das habe ich soeben Marcus geschickt. Also: ›Hallo, meine lieben Fans. Zuerst mal möchte ich mich bei allen bedanken, die zu meiner heutigen Lesung von *Mordseelügen* gekommen sind und meiner nicht so tollen Stimme doch gelauscht haben. Ich war ja wirklich überrascht, dass keiner von euch mitten in der Lesung aufgestanden ist und so viele bis zum Ende geblieben sind. So viel dazu. Herzlichen Dank dafür.

So, nun zum eigentlichen Thema. Ein älterer Mann war ebenfalls bei dieser Lesung, und der hat mir eine komische Frage gestellt: wovor ich mich am meisten fürchten würde. Entweder zu ersticken oder zu ertrinken.

Ich habe mit Ersticken geantwortet. Wobei beides meiner Meinung nach ziemlich ähnlich ist. Er hat auch irgendwas dahergeredet von *statt gegeneinander lieber miteinander*. Kennt das jemand? Das Hashtag lautet ja *miteinander statt gegeneinander,* oder hab ich da was nicht mitbekommen?

Jetzt zu meiner Frage: Muss ich nun um mein Leben fürchten? Soll ich nun alle Kissen und dergleichen in meiner Umgebung entfernen? Was meint ihr?

Ich kann nur den Kopf schütteln über solche Menschen. Ich denke, er wollte mir damit vielleicht nur einen Schrecken einjagen, oder er schreibt eine Biografie über mich und das war die entscheidende Antwort. *lach*‹«

»Hat der Typ dir nicht auch diesen Slogan genannt?«, fragte Alexander nach.

»Ja, eben. Das ist es ja. Auch die Beschreibung war die gleiche. Ich hab gerade mit Marcus telefoniert und mir genauere Infos geholt. Was will der bloß von uns Autoren? So ganz hab ich das noch nicht verstanden.«

Drea hörte Alex auf seinem Computer tippen. Einen kurzen Moment später schnaubte er in die Leitung. »Das musst du dir selbst anschauen. Gib in die Suchleiste von Facebook ›statt gegeneinander lieber miteinander‹ ein. Ich glaube, wir haben eine heiße Spur.«

Drea nahm Michaels Telefon in die Hand und tat wie ihr geheißen. Eine Seite mit diesem Namen erschien. Es waren einige Postings online. Die meisten davon waren Fragen mit zwei Auswahlmöglichkeiten. Bei der aktuellsten handelte es sich um genau diese Frage, die auch Marcus gestellt worden war. Drea scrollte ein Stück hinunter. Auch die Frage *›Vor welchem Tier hast du am meisten Angst?‹* wurde hier gestellt. Über hundert Kommentare waren es bereits.

»Bist du noch dran?«, fragte Alex. Drea hatte kein Wort gesagt in der Zwischenzeit und einfach nur das Telefon auf Lautsprecher gestellt und zur Seite gelegt.

»Ja, bin noch da.« Zu mehr war sie im Moment nicht fähig, aber die Zahnräder in ihrem Hirn arbeiteten auf Hochtouren. Nach ein paar Momenten sprach sie: »Du denkst, diese Facebook-Seite und die Entführungen hängen zusammen?«

»Möglich. Scroll weiter runter. Da ist ein Eintrag vor zwei Wochen, wo ein paar Fragen gestellt wurden.«

Drea scrollte und fand folgende Frage: *›Wovor fürchtet ihr euch mehr?‹* Darunter zwei Auswahlmöglichkeiten: *›1) in einem Erdloch begraben zu sein. 2) zwischen zwei Bäumen im Wald gefesselt zu sein.‹*

»Aber … aber …«, stammelte sie.

»Ja, genau. Und bei dieser Umfrage haben die Bäume im Wald gewonnen. Und Roland Ertl hat uns genau diese

Geschichte erzählt. Zeitlich passt das auch sehr gut zusammen.«

»Wir müssen die Polizei informieren«, sagte Franziska und tippte auf ihrem Handy die Notrufnummer ein.

»Warte mal«, sagte Drea. »Was willst du sagen? Dass es eine Umfrage bei Facebook gibt, die entscheidet, was mit den Entführungsopfern passiert? Willst du dich lächerlich machen? Das glaubt uns doch kein Mensch. Davon abgesehen, warum befragt er dann die Autoren selbst auch? Das ist doch völlig unlogisch.«

Franziska ließ ihre Hand wieder sinken, und das Display schaltete sich nach kurzer Zeit aus. »Du hast recht. Wir brauchen mehr Beweise.«

In diesem Moment ploppte bei Drea eine Nachricht auf. »Marcus schreibt: ›Das ist der gleiche Typ wie auf meiner Lesung.‹ Okay, wir werden herausfinden, auf welcher Lesung er noch war. Vielleicht hat er noch mehr Autoren besucht. Und du, Alex, besorgst uns Hintergrundinfos über diese Seite. Wir telefonieren, sobald einer von uns Neuigkeiten hat, ja?«

»Alles klar. Bis später dann.« Alex beendete das Gespräch.

26

Bischweier, Sonntag abends

Soeben kam der schwarze Lieferwagen angefahren. Nervös trippelte Silke Jark von einem Fuß auf den anderen. Das verrostete Eingangstor knarrte, als sie es aufzog. Das Auto raste in einem Affenzahn an ihr vorbei, und sie schloss das Tor hinter sich. Der Transporter verschwand hinter der Ecke des alten Fabrikgebäudes und fuhr auf die Silos zu.

Sie war erst seit einem Monat bei der Gruppe dabei und hatte sich ab dem ersten Moment voll zugehörig gefühlt. Die Mädels waren alle sehr nett. Es war das Richtige, was sie taten. Ein Kampf gegen Ungerechtigkeit. Silke schaute auf die Uhr. Noch gut eine halbe Stunde, dann würde der Wachmann hier auf dem Gelände seine Runde drehen und sich danach wieder in sein Auto setzen und zu den anderen Häusern fahren, die er bewachen musste.

Es war eine Kleinigkeit gewesen, den Wachmann vor gut drei Wochen abzulenken und einen Abdruck von seinem Schlüssel zu machen, damit sie das Eingangstor öffnen konnten. Was ein kurzer Rock und ein tiefer Ausschnitt so alles ausmachte! Sie hatte vor Aufregung zuerst kein Wort über ihre Lippen gebracht. Aber reden wollte der Typ ja sowieso nicht, so wie er sie angestiert hatte.

Aber nichtsdestotrotz sollten sie sich beeilen.

Die schwarzen Kutten, die sie und die anderen anhatten, gefielen Silke. Besonders die Kapuze hatte es ihr angetan. Sie liebte die Farbe Schwarz, die sehr gut zu ihren derzeit knallroten Haaren passte. Gleich kam es wieder zum Showdown, und weitere Täter würden wieder auf den richtigen Weg gebracht. Sie lief nach hinten zu den anderen. Den Wagen hatten sie so geparkt, dass ihn keiner sehen konnte. Die Ladetür war offen, und drei Frauen zerrten an dem scheinbar leblosen Körper, der auf der Ladefläche lag. Zwei weitere räumten die Holzwand weg, sodass sie zu der Tür kamen, die ins Innere des Silos führte. Auf der Innenseite war diese mit Blech verkleidet und sah der Wand täuschend ähnlich. Silke hatte dies einmal ausprobiert und sich im Inneren einschließen lassen. Sie war erstaunt gewesen, was alles möglich war und für das menschliche Auge unsichtbar blieb.

Als Silke den Mann, der an seinen rechtmäßigen Platz gebracht wurde, genauer betrachtete, erstarrte sie. Noch ein prüfender Blick, ob das wirklich sein konnte. Seine schwarzen Haare, die verstrubbelt vom Kopf abstanden, die Statur. *Scheiße, das ist Sören,* dachte sie.

Eine Hand legte sich auf ihre Schulter. »Alles in Ordnung mit dir, Liebes?«, fragte Birgit und schaute sie mit ihren braunen Augen fast schon besorgt an.

»Das ist mein Ex-Freund. Also, wir waren mal zusammen vor langer Zeit. Ich bin schockiert, was für ein Arschloch aus dem geworden ist.«

»Du kannst in keinen Menschen reinsehen. Auch einem Serientäter wirst du es nicht ansehen, welche grausamen Ideen sich in seinem Kopf befinden.«

»Also, er ist kein Serientäter.«

»Ach so? Warum ist er denn sonst hier? Was meinst du?«, sagte Birgit noch, bevor eine der Frauen auf die beiden zukam und berichtete, dass nun alles vorbereitet sei.

Birgit wandte sich von Silke ab und schritt der Leiter entgegen, um daran hochzusteigen.

Silke stand da wie angewurzelt, und Tausende Gedanken schossen ihr wie Pfeile durch den Kopf. Doch alle verfehlten das Ziel. *Was soll ich bloß tun? Hat er es wirklich verdient? Ist er wirklich in den letzten Jahren zu so einem schlechten Menschen geworden?*

27

München, Sonntag abends

»Das gibt es doch nicht«, sagte Drea zu Michael, der gerade in die Ferienwohnung zurückkam. Er war im gegenüberliegenden Lebensmittelgeschäft gewesen, um etwas zu trinken zu besorgen.

»Was denn, Schatz?«

»Stell dir vor, drei Autoren, die in der letzten Zeit eine Lesung gemacht haben, erkannten diesen Mann auf dem Video. Es lief genauso ab wie bei mir. Komisch eigentlich, dass so seltsame Typen einem im Gedächtnis bleiben.«

Michael stellte die Einkäufe ab und wandte sich ihr zu.

»Klar, die komischen Vögel merkt man sich eben leichter. Deswegen fällst du ja überall auf.« Er grinste über das ganze Gesicht. Und wären die Ohren nicht gewesen, dann wäre es ein Rundumgrinser geworden.

Drea stimmte in das Lachen mit ein. »Du bist so doof. Wir fallen nur wegen dir auf. Weil du jeden mit einem lockeren Spruch bezirzt.«

»Gar nicht wahr. Ich zaubere nur jeder Verkäuferin ein Lächeln auf die Lippen. Und das haben die wohl dringend nötig, so grantig wie manche dreinschauen. Es gehört zu meiner Aufgabe, Menschen zum Lachen zu bringen. Vor allem dich. Und das jeden Tag.«

Drea kam ganz nahe an sein Gesicht heran und drückte ihm einen Kuss auf die Lippen. »Stimmt. Diesen Job machst du sehr gut.«

»Hast du schon Alexander angerufen? Und wo ist Franziska?«

»Alexander hab ich schon probiert anzurufen. Hab ihn leider nicht erreicht. Und Franziska musste noch einige Besorgungen machen. Verstehe ich auch, dass sie mit uns alten Menschen nicht den ganzen Tag abhängen will.«

In diesem Moment klingelte Dreas Handy. So als ob es Gedankenübertragung gewesen wäre, erschien der Name ›Alexander‹ auf dem Display. Oder es lag einfach daran, dass er einen Anruf in Abwesenheit vorgefunden hatte und deswegen zurückrief. Sie schmunzelte bei ihren Gedankengängen und nahm das Gespräch entgegen.

»Hallo Alexander. Gerade haben wir von dir gesprochen.«

»Hallo Drea. Ich hab Neuigkeiten, und ich vermute, du auch.«

»Ja, drei weitere Autoren haben mit diesem Mann auf einer Lesung gesprochen. Und bei allen hat er eine Frage gestellt, die ich in ähnlicher Art und Weise auf dieser Facebook-Seite wiedergefunden habe.«

»Gut, ich hab in der Zwischenzeit herausgefunden, dass der Betreiber dieser Seite eine Adresse angegeben hat, die anscheinend nur eine Postfachadresse ist. Somit stehen wir irgendwie doch bei null.«

»Und der Name?«

»Hans Müller. Davon gibt es Hunderte von Einträgen im Telefonbuch. Und das nur in Bayern.«

»Schmetterling«, murmelte Drea ins Telefon.

»Was?«, fragte Alexander.

»Ist eine schönere Formulierung für das nette Wort, das mit ›Sch‹ anfängt.«

Alexander lachte. »So, und was machen wir jetzt mit unseren Informationen?«

Drea ließ ihren Kopf sinken und starrte ins Leere. »Keine Ahnung. Zur Polizei gehen vielleicht? Aber was sollen wir dort sagen?«

»Ich melde mich gleich wieder bei dir. Bei mir kommt ein Anruf rein, ja?«, sagte Alexander und beendete das Gespräch.

Drea drehte sich zu Michael um. »Schatzi? Was machen wir jetzt? Ich meine, das eine hat doch mit dem anderen was zu tun, oder nicht?«

»Ich denke, ja. Oder nicht. Ich weiß es doch auch nicht. Wir brauchen mehr Infos.«

»Woher nehmen, wenn nicht stehlen?«

Michael blätterte in den Zeitungsausschnitten, die Alexander den beiden gestern gegeben hatte. Er überflog die Texte. »Okay, wir wissen, dass Roland Ertls

Elektrogeräte und Bargeld gestohlen wurden. Des Weiteren vermuten wir, dass dies auch bei den anderen so war. Ansonsten hätten wir zumindest eines der Opfer telefonisch erreicht.«

»Ja, aber wir wissen immer noch nicht, wie das Ganze zusammenhängt. Ganz zu schweigen, dass wir keine Ahnung haben, wer da dahintersteckt. Wobei ich eine Art Sekte vermute. He, sei mir nicht bös, aber einer allein kann das doch gar nicht hinbekommen.«

»Aber wie kommen wir an diese Sekte ran?«, fragte Michael nach gefühlten Stunden des Schweigens.

»Du willst an die Sekte rankommen? Du, der nicht mal ins Krankenhaus zu Nadine Brauner fahren wollte? Wie willst du das denn anstellen? Dazu brauchen wir Hinweise. Oder irgendeinen Anhaltspunkt.«

»Wann ist die nächste Lesung geplant?«

Drea schaute ihn im ersten Moment entgeistert an, bis sie Sekunden später kapierte, was er vorhatte. »Marcus hat eine. Morgen in Vechta-Nord. Ich denke, wir sollten die Polizei einschalten. Glaubst du nicht?«

»Ja, ruf zuerst Marcus an. Dann fahren wir auf die Polizeistation und werden dort unsere Vermutung äußern.«

Drea zückte ihr Telefon, und kurze Zeit später hatte sie den Plan ihrem Autorenkollegen erzählt, der natürlich damit einverstanden war. »Marcus fährt auf die

Polizeistation. Er kennt dort jemanden. So schnappen wir wenigstens den Kerl. Allerdings ist die Frage, wie wir an nähere Informationen herankommen, ohne dass wir selbst vor Ort sind.«

»Ist nicht dein Ernst? Du willst jetzt dort hinfliegen? Das ist am anderen Ende von Deutschland.«

»Hast du eine bessere Idee? Dann nur raus damit.«

»Ich geh mich jetzt duschen. Dann sprechen wir darüber, okay?«, sagte Michael noch und war einen Augenaufschlag später im Badezimmer verschwunden.

Es klopfte an der Eingangstür. Drea öffnete sie. Franziska stand aufgelöst vor ihr. »Schnell, ihr müsst mitkommen! Furchtbar, was da passiert ist.«

28

Bischweier, Sonntag abends

Sören öffnete seine Augen. Ein leises Röcheln drang in seinen Gehörgang. Er schaute nach rechts und entdeckte einen in sich zusammengesunkenen Mann. Ein Scheinwerferlicht war genau auf ihn gerichtet.

Sören versuchte aufzustehen, doch seine Knie waren zu schwach, um sein Gewicht zu tragen, und er brachte es nicht fertig, sich nach oben zu hieven. Somit krabbelte er, so gut es eben ging, auf allen vieren zu dem Unbekannten.

»Hallo?«, sagte Sören und rüttelte kräftig an dem Mann mit dem schütteren braunen Haar. Doch dieser rührte sich nicht. Das Rasseln in seinem Atem versetzte Sören in Panik. Er sah das Spray in der Hand des Mannes und reagierte blitzschnell. Er hob dessen Kopf mit seiner Hand an, steckte ihm die Öffnung des Sprays in den Mund und betätigte den Mechanismus. Ein leises »Pfft« war zu hören.

»Hallo? Sind Sie wach?« Wieder rüttelte Sören an dem Unbekannten. Doch seine Augen waren geschlossen. »Scheiße. Das funktioniert so nicht. Er muss wach werden, damit er die Medizin in die Lunge kriegt.« Sören zwickte dem Mann in den Unterarm.

Dieser zuckte und öffnete seine Augen.

Sören reagierte sofort. »Ein Stoß von der Medizin. Tief einatmen. Dann müsste es Ihnen besser gehen.« Sören kannte sich durch seine Arbeit als Rettungsassistent im medizinischen Sektor gut aus. Er wiederholte den Vorgang mit dem Spray. Dann wartete er ein wenig und schaute den Mann nur an. Dieser bekam langsam wieder Farbe im Gesicht. Auch die Rasselgeräusche wurden leiser. Der Mann starrte Sören an, als wäre er ein Geist.

»Bitte tu mir nichts«, stammelte der Mann.

»Nein, ich tu dir nichts. Wie heißt du?«

Der Mann schwieg. Allerdings kam es Sören so vor, als ob er überlegen müsse, wie sein Name lautete.

»Ich bin Sören. Und wie ist dein Name?«

»Ge... Georg.«

Plötzlich setzte ein Höllenlärm ein, und Staub wirbelte auf. Sören hustete und hielt sich seine Hand vor den Mund, damit er den Staub nicht einatmen musste. Ein paar Kieselsteine flogen vor Sörens Füße. Dann hörte er Musik. Es klang wie eine Panflöte oder so etwas in der Art. Doch schon Momente später war wieder Stille eingekehrt. Er schaute zu Georg, doch dieser war erneut weggenickt. Er zog Georgs T-Shirt über dessen Mund und Nase, um ihn vor dem Staub zu schützen.

»Nimm das Wasser«, erklang eine Stimme von oben. »Ansonsten kommen noch mehr Steine.«

Sören blickte sich suchend um. Eine Handlänge entfernt lag die Flasche, die er sich sofort holte und von der er trank. Das Gesöff schmeckte wie abgestandenes Spülwasser mit einem guten Schuss Pfeffer. Er setzte nur kurz ab, da ertönte wieder die Stimme über ihm: »Alles austrinken!« Er tat wie ihm geheißen. Die leere Flasche stellte er neben sich hin. Von einem Moment auf den anderen tanzten schwarze Kreise vor seinen Augen. Eine Hitze fuhr durch seinen Körper, und da hörte er die Frauen singen:

Indulge, fatum, nobis exorcizare cupiditatem, retundere cupiditatem, expellere cupiditatem. Per ego atram caliginem iuro, te extraham ex cupiditate. Divites reveniemus. Exorcizamus te, anima arcana, catenisque exsolvo. Per ego oro measque, fatum, tuasque sorores opertae noctis et fatidicae.

Dann trat Stille ein. Eine unheimliche Stille, die sein Herz höherschlagen ließ. Irgendetwas griff gerade auf sein Gehirn zu. Er hatte keine Macht mehr, seine Gedanken zu kontrollieren. Verzweifelt hielt er sich die Ohren zu, doch es half nichts. Ein leiser Piepton erklang, und er hatte das Gefühl, dass ihm jemand etwas leise ins Ohr flüsterte. Allerdings ohne Worte. Oder waren es doch Worte, die er vernahm? Er konnte es nicht mit Sicherheit bestimmen.

Dann sank auch sein Geist in einen tiefen Schlaf, aus dem er so schnell nicht wieder erwachen sollte.

29

München, Sonntag abends

»Mensch, Franziska, was ist denn los?«, fragte Drea, doch Franziska lief bereits die Treppe des Mehrparteienhauses hinab. Sekunden später war auch Drea an der Eingangstür angelangt und durch diese ins Freie gerannt. Allerdings musste Drea stehen bleiben, um festzustellen, in welche Richtung Franziska gelaufen war. Gerade noch sah sie den rothaarigen Schopf um die Ecke in eine dunkle Gasse biegen.

Momente später blieb sie stehen, als sie sah, was Franziska so aufgewühlt hatte. Diese stand wie angewurzelt da und zeigte auf ein Paar Turnschuhe, das neben einem Müllcontainer hervorlugte. Langsam kam Drea näher. Das Erste, was ihr auffiel, waren die toten Augen, die sie anstierten. Der Knauf des Messers in der Brust. Die Klinge war bis zum Anschlag in den Körper des Mannes versenkt worden.

»Verdammt«, stieß Drea atemlos hervor. »Das darf doch wohl nicht wahr sein.« Sie beugte sich zu dem Mann hinunter und kontrollierte Puls und Atmung. Der Körper fühlte sich noch warm an, doch es war keinerlei Reaktion mehr zu ertasten. Sie schaute zu Franziska, die sie nur mit großen Augen ansah. »Hast du die Polizei gerufen?«, fragte Drea, richtete sich auf und ging auf Franziska zu. Doch diese stand immer noch wie zu Stein erstarrt da. Ihr Blick war auf den Toten gerichtet. Drea schüttelte sie an den Schultern. »Franziska!«, sagte sie etwas lauter.

»Ja«, drang es zögerlich aus Franziskas Mund.

»Das ist der Typ, der bei den Lesungen war«, sagte Drea. »Wir haben in der Zwischenzeit herausgefunden, dass er auch anderen Autoren Fragen gestellt hat.« In diesem Moment schoss ihr durch den Kopf, dass sie auch Marcus informieren musste, was soeben geschehen war.

»Andere Autoren. Aha«, meinte Franziska.

In der Ferne hörte Drea schon die Sirenen, die immer näher kamen. »Sag mir, was hast du gesehen?«

»Da war eine dunkle Gestalt. Die hat ihn hier reingezerrt. Ich war auf der anderen Straßenseite und wollte die Straße gerade überqueren. Als ich hier ankam, war der Mörder bereits fort. Er ist in diese Richtung geflüchtet.« Franziska zeigte die schmale Gasse entlang, die nach wenigen Metern an eine belebtere Straße anschloss. »Erst als ich hier war, sah ich, wer das Opfer ist. Der Typ hat dich gestalkt. Vielleicht wollte er dir etwas antun.« Franziska presste ihre Hände auf ihre Augen. Drea nahm sie in den Arm.

Ein Streifenwagen kam mit quietschenden Reifen am Eingang der Gasse zum Stehen. Zwei Polizisten stiegen aus und kamen auf sie zu.

»Guten Abend«, sagte der jüngere. »Wer von Ihnen hat uns angerufen?«

»Ich war das«, sagte Franziska und hob ihre Hand.

In diesem Moment kam Michael um die Ecke geflitzt. »Was ist denn hier los? Was macht ihr denn hier?« Er kam näher, wurde aber von dem Polizisten, der einen mächtigen Bierbauch vor sich herschleppte, abgefangen. Michael protestierte zwar, das half ihm aber nicht, und er wurde des Platzes verwiesen.

Ein zweiter Wagen traf ein. Allerdings war dies kein Streifenwagen, sondern er hatte nur ein Blaulicht auf dem Autodach.

Zwei Männer in Anzügen stiegen aus und kamen auf Drea und Franziska zu. *Also, der eine kommt mir bekannt vor,* dachte Drea und betrachtete ihn eingehender. Er war vielleicht gerade mal vierzig Jahre alt. Seine braunen Haare waren leicht zerzaust, aber sie machten den Eindruck, dass dies so gewollt war. Je näher er kam, umso mehr beschlich Drea das Gefühl, diesen Mann zu kennen. Und plötzlich schoss ihr die Lösung in ihr Hirn. Tatsächlich sah er aus wie Robert Ritter aus der Fernsehserie *K11 – Kommissare im Einsatz.* Die beiden könnten tatsächlich Zwillinge sein. Oder stand sie dem Original gegenüber? Ihre Hände fingen vor Aufregung zu zittern an, und ihre Mundwinkel zogen sich wie automatisch nach oben. Drea musste diese Gedanken aus dem Kopf bekommen, denn ansonsten würde sie schnell von einer Zeugin zu einer Hauptverdächtigen werden, wenn sie sich so seltsam benahm. Schließlich stand sie doch neben einer Leiche und grinste wie ein Honigkuchenpferd.

»Guten Abend«, sagte der Zwilling von Robert Ritter. »Hauptkommissar Ottmeier. Mein Kollege Maskler. Ich darf beide Damen um ihre Ausweise bitten?«

Erst in diesem Moment stellte Drea fest, dass sie weder ihren Ausweis dabeihatte noch Schuhe trug. Franziska kramte in ihrer Handtasche und reichte ihre Dokumente an Maskler, der seine Hand danach ausstreckte.

»Entschuldigung«, sagte Drea und zeigte nach oben zu einem der Fenster. »Mein Ausweis liegt in der Wohnung. Ich werde ihn holen gehen, ja?« Sie setzte ein freundliches Lächeln auf. Ihr Herz polterte in ihrem Brustkorb, und die Kälte stieg von unten nach oben in ihren Körper. *Du benimmst dich, als hättest du diesen Mann umgebracht,* ermahnte sie sich im Geiste.

»Dann werden wir gemeinsam gehen, ja?«, sagte Ottmeier und wies mit seinem gestreckten Arm den Weg.

30

Wiesbaden, Montag noch vor Sonnenaufgang

In Sörens Ohren dröhnte es so laut wie nach einem Konzert einer Metalband.

»Fuck«, murmelte er und öffnete seine Augen. Rund um ihn herum waren Blätter, und es roch nach nasser Erde. Zweige, die von oben herabhingen, kitzelten auf seinem Körper. Wasserplätschern drang in seine Ohren. Dann hörte er ein Geräusch, das er im ersten Moment nicht zuordnen konnte. *Ist das Entengeschnatter?,* dachte er und wischte die Zweige zur Seite, die ihm die Sicht versperrten. Da sah er ein paar Enten, die sich fröhlich schnatternd auf den Weg in den See machten, der keine zwei Meter von ihm entfernt war. »Wo bin ich?«

Er krabbelte unter dem Gebüsch hervor. Auf der gegenüberliegenden Seite des Sees sah er ein Schloss, das im Mondlicht wie ein Prinzessinenschloss wirkte. Verwirrt schaute er sich um, doch hier war er noch nie in seinem Leben gewesen. Da war er sich sicher.

Ich muss zur Polizei. Was ist bloß geschehen? Ich kann mich nicht erinnern. Doch, Moment. Ich war in einem Silo oder so gefangen, und da war noch ein anderer Mann.

Ein Stich drang in seinen Kopf und zwang ihn dazu, seinen Gedanken zu unterbrechen. »Ausgang« stand auf einem der Schilder, die am Wegrand wenige Meter von ihm entfernt aufgestellt waren. Langsam setzte er sich in Bewegung. Sein Körper gehorchte seinem Hirn nicht ganz, und immer wieder musste er stehen bleiben, da er drohte umzukippen.

Was ist bloß mit mir los?

31

München, Montag vormittags

»Also, ich habe nichts gesehen«, sagte Drea zu Hauptkommissar Ottmeier. Drea, Michael und Franziska waren gestern darum gebeten worden, auf die Dienststelle in der Münchner Innenstadt zu kommen, um ihre Aussagen zu Protokoll zu geben. Franziska hatte ihre Aussage bereits gemacht und saß mit Michael auf einem der Stühle vor der Tür.

»Laut den Videoaufzeichnungen, die wir von der Bank bekommen haben, die direkt neben Ihrer Ferienwohnung ist, ist das richtig. Sie sind erst später dazugekommen. Was uns noch interessiert: Sie haben gestern gesagt, dass sie den Herrn ...« Ottmeier schaute in die Akte, die vor ihm auf dem Tisch lag. »... Herrn Cornelius Wiesner kennen.«

»›Kennen‹ wäre zu viel gesagt. Ich hab mit ihm auf meiner Lesung gesprochen, und er hat sich merkwürdig benommen.«

»Ja, das Video dazu haben wir gesehen. Warum war Herr Wiesner in der Nähe Ihrer Ferienwohnung? Sind Sie von ihm bedroht worden?«

»Nein, gar nicht. Das habe ich Ihnen doch schon alles gestern erzählt.«

»Gut, wir haben uns auch die Facebook-Seite, die Sie erwähnt haben, genauer angesehen. Anscheinend hatte der Ermordete auf diese Seite Zugriff.« Ottmeier legte Drea einige Papiere vor – Auszüge der Fragen, die auf der Facebook-Seite standen. »Warum hat er Ihnen diese Frage gestellt?«, sagte er und tippte auf das Papier.

»Woher soll ich das wissen? Das frage ich mich doch auch schon die ganze Zeit. Ist das nicht Ihre Aufgabe, das herauszufinden?«

»Ja, deswegen frage ich mich auch, warum Sie uns bisher über Ihre – ich nenne es mal – Ermittlungsergebnisse nicht informiert haben? Haben Sie etwas damit zu tun? Ich muss Sie darauf hinweisen, dass Sie ein Aussageverweigerungsrecht haben, sollten Sie sich selbst belasten.«

»Ich? Was soll ich damit zu tun haben? Ich bin Autorin und morde nur in meinen Büchern.« Drea lehnte sich zurück und verschränkte ihre Arme vor der Brust.

»Sie haben doch selbst ausgesagt, dass Sie über die Sonderkommission der Polizei Bescheid gewusst haben. Warum haben Sie nicht dort angerufen?«

»Und was hätte ich Ihrer Meinung nach sagen sollen? Es hat jemand eine Facebook-Seite, auf der er der Community Fragen stellt?« Drea schnaubte verächtlich. *Doofkopf,* schallte es durch ihr Hirn.

»Die Fragen decken sich mit den Misshandlungen an

den Opfern in den Entführungsfällen. Verstehen Sie?«

»Aber warum? Was haben die Leute gemacht? Wir waren bei Herrn Ertl zu Hause ...« Drea stockte mitten im Satz. Das war ihr einfach rausgerutscht. Sie hatte eben eine lockere Zunge und sagte, was sie dachte. Und manches Mal ungefiltert.

»Wer ist denn ›wir‹? Sie, Ihr Lebensgefährte und Frau Becker, nehme ich an.«

Nur einen kurzen Moment zögerte sie, dann nickte sie heftig. Alexander wollte sie auf keinen Fall erwähnen. Es reichte schon, dass sie nun zu dritt in der Patsche saßen.

»Lassen Sie mich kurz überlegen«, sagte Ottmeier und griff sich nachdenklich ans Kinn. »Genau. Herr Ertl ist eines der Opfer. Ich frage mich, warum Sie das so brennend interessiert.«

»Es ist doch spannend herauszufinden, wer dahintersteckt, und vor allem, was der Zweck des Ganzen ist, oder nicht? Und wir haben nichts Ungesetzliches getan. Da können Sie gerne bei Herrn Ertl nachfragen. Er wusste Bescheid und hat uns bereitwillig Auskunft gegeben.«

Noch bevor Ottmeier antworten konnte, wurde er von seinem Kollegen, der in den Raum trat, unterbrochen. »Otto, kannst du mal kommen? Es gibt neue Informationen.«

32

Bottrop, Montag vormittags

»Ja, klar kann ich das machen. Wir machen wie besprochen weiter«, sagte Birgit ins Telefon. Sie bückte sich, hob einen Stock auf und schmiss diesen weit von sich ins Feld hinein. Aron folgte ihm wie ein geölter Blitz und bellte vor Freude. »Okay, bis in drei Tagen dann.«

Das Telefonat war beendet. Sie steckte das Handy in ihre Hosentasche und schritt auf Öminchens Haus zu. Aron blieb auf der ersten Stufe sitzen, während Birgit ins Innere ging. Es roch muffig, als sie die Zimmertür öffnete und in ihr Büro eintrat. Vielleicht war »Büro« nicht das richtige Wort dafür. Es war eher ein alter modriger Raum, der einen Tisch und einen Computer beherbergte. Auf dem Bildschirm sah sie die Seifenblasen, die auf und ab flogen.

Sie startete den Computer aus dem Ruhezustand und loggte sich ins Programm ein. Sofort tauchten viele blinkende Punkte vor ihren Augen auf.

»Noch immer so viele. Mir kommt es so vor, als werden das von Tag zu Tag mehr. Es ist zum Kotzen.«

Sie klickte auf einen der Punkte, und unverzüglich ploppte ein neues Fenster auf. Darin sah sie eine Adresse, die sie kopierte und als Mail weiterschickte. Immer mehr

Punkte klickte sie an und wiederholte das Prozedere. Nur das Klingeln ihres Handys riss sie aus ihrer Konzentration.

»Wir müssen etwas ändern. Dringend«, sagte die Frauenstimme am anderen Ende der Leitung.

»Da geb ich dir recht«, erwiderte Birgit. »Ohne Cornelius schaffe ich die ganze Arbeit nicht.«

»Das meine ich nicht. Wir müssen besser aufpassen in Zukunft. Wir können es uns nicht erlauben, noch jemanden aus unserer Runde zu verlieren.«

»Ja, das mit Cornelius ist so schrecklich.«

»Einer musste den Märtyrer spielen. Ich musste uns doch alle schützen«, sagte die Frau am Telefon. »Solange uns das die Polizei vom Hals hält, ist doch alles gut.«

»Ich werde die anderen informieren beim nächsten Meeting.«

»Hast du meine Nachricht gestern noch bekommen?«

»Ja, aber es war schon zu spät. Aber sie hat ihn noch gehabt. Ich hab soeben mit ihr telefoniert.«

»Ich weiß.«

33

München, Montag vormittags

»Was gibt es, Markus?«, sagte Ottmeier zu Maskler und schloss die Vernehmungstür hinter sich.

»Wir bekamen gerade die Meldung rein, dass ein gewisser Sören Kerschner im Kurpark von Wiesbaden aufgegriffen wurde.«

Ottmeier griff nach den Unterlagen, und nach wenigen Momenten fasste er den Inhalt zusammen. »Laut dem Aussageprotokoll von Kerschner wurde er von Hexen entführt, die Rituale der Teufelsaustreibung – zumindest waren das seine Worte – an ihm vollzogen. Und diese haben eindeutig etwas mit dieser Facebook-Seite von Wiesner zu tun. Die Misshandlungen decken sich mit den Fragen. Das könnte bedeuten, dass unser Täter Wiesner Sören Kerschner noch freigelassen hat, bevor er ermordet wurde.«

»Gut möglich. Allerdings aufgrund der Entfernung wohl eher unwahrscheinlich.«

»Ist Kerschner ansprechbar?«

»Ja, er ist im Krankenhaus. Die Ärzte untersuchen ihn. Er hat keine sichtbaren Verletzungen. Es ist genauso wie bei den anderen auch. Er kann sich auch nur bruchstückhaft an die Vorkommnisse erinnern. Aber er sagt, er wurde mit einem Fluch belegt.«

»Glaubst du an dieses Hexending?«, fragte Ottmeier.

»Nein. Auf gar keinen Fall. Das ist Blödsinn. Ich glaub, auch ihm wurden diese Drogen verabreicht. Er hatte Wahnvorstellungen.«

»Alle hatten die gleiche Wahnvorstellung! Wir haben siebenundzwanzig Meldungen, die das Gleiche aussagen. Ich bin kein Psychologe. Ich weiß nur, irgendwas ist hier gewaltig faul. Wir übersehen was.«

»Apropos ›übersehen‹. Haben wir schon Ergebnisse über diese Seite? Wurde der Computer von Herrn Wiesner untersucht?«

»Ja, aber bisher ist der sauber. Was auffällig ist, dass keinerlei Aktivitäten über das Internet, außer auf dieser Facebook-Seite, getätigt worden sind. Aber die Kollegen suchen noch nach Spuren auf dem Computer.«

In diesem Moment kam ein Anruf auf Ottmeiers Handy.

»Ja, Ottmeier?«

»Hallo Kollege. Wir haben ein Programm auf dem Computer von Herrn Wiesner gefunden. Dieses löscht alle Aktivitäten, die im Internet getätigt werden. Ohne die geringste Spur zu hinterlassen. Hochspeziell. So was habe ich noch nie gesehen. Sogar der Cache war komplett leer geräumt. Die Auswertung wird Tage dauern. Da war ein

Profi am Werk.«

»Okay, danke. Sobald ihr etwas habt, gebt mir gleich Bescheid.« Ottmeier legte auf und drehte sich zu Maskler um. »Was war dieser Herr Wiesner von Beruf?«

»Zuletzt hat er als Fleischer gearbeitet.«

»Verfügt der über eine Spezialausbildung im Computerbereich?«

»Soweit ich weiß, nicht. Er war sein Leben lang Fleischer.«

»Was hat ein Fleischer mit einem komplexen Computerprogramm zu tun? Und vor allem, wer hat ihn umgebracht?«

34

Bischweier, Montag vormittags

Die Sonne schien Georg mitten ins Gesicht und weckte ihn aus einem seiner schlimmsten Albträume. Er starrte an eine weiße Decke, die mit Stuckleisten verziert war. *Das kann nur Einbildung sein,* dachte er und zwickte sich in den Arm, um festzustellen, ob er tatsächlich wach war und nicht träumte. Seine Hände fühlten die seidig weiche Satinbettwäsche, die er sich vor Kurzem erst gekauft hatte. Langsam bewegte er sich und setzte sich auf. Tatsächlich, das war sein Schlafzimmer. Er war in seiner Wohnung. Aber wie konnte das bloß möglich sein? Er war doch entführt worden, gefoltert und … und … und keine Ahnung. Wieso war er jetzt wieder hier?

Langsam erhob er sich und schlüpfte in seine Hausschuhe, die an ihrem angestammten Platz vor dem Bett standen. Leise öffnete er die Schlafzimmertür und guckte in den Vorraum. Er lauschte. Keinerlei Geräusche. Vorsichtig huschte er aus dem Zimmer und öffnete jede Tür in seiner Wohnung. Auch den kleinen Abstellraum, in den gerade so ein Staubsauger hineinpasste, inspizierte er.

Die Klingel ließ ihn vor Schreck fast ohnmächtig werden. Wie auf Samtpfoten schlich er zum Türspion.

Seine Nachbarin stand auf der anderen Seite. Anscheinend mit schlechter Laune. Er öffnete ihr einen Spalt.

»Ja, bitte, Frau Müller?«

»Also eines sage ich Ihnen. Wenn Sie noch mal mitten in der Nacht betrunken nach Hause kommen, dann rufe ich die Polizei. Ich habe mich zu Tode erschreckt. Sie und Ihre beiden Kumpels haben einen Höllenlärm veranstaltet.«

»Oh«, sagte er und dachte einen Moment lang über ihre Aussage nach. »Das tut mir natürlich leid. Können Sie mir sagen, wann in etwa das gestern war? Ich hab mein Zeitgefühl verloren.«

»Das dachte ich mir, so wie Sie auf den Schultern Ihrer Freunde gehangen haben. Es muss wohl so gegen ein Uhr in der Früh gewesen sein.«

»Entschuldigen Sie nochmals. Das kommt nie wieder vor. Und heute ist doch Sonntag. Der Tag des Herrn.« Natürlich wusste er nicht, welcher Tag heute war. Es war ein einfacher Trick, den er anwandte.

»Sonntag? Sie haben wohl eine Nacht in der Kneipe geschlafen, junger Mann. Heute ist Montag.« Frau Müller drehte sich um, murmelte noch etwas Unverständliches vor sich hin, und Momente später war sie bereits in ihrer Wohnung verschwunden.

Georg schloss die Tür und atmete tief aus.

Scheiße, es ist Montag. Sein Chef hatte sicher schon zigmal auf seinem … Er stockte mitten in seinem Gedanken. Suchend blickte er sich um. *Handy, wo ist mein Handy?*

Nach einer gefühlten Ewigkeit stellte er fest, dass all seine Elektrogeräte, wie Fernseher, Laptop, Smartphone, und das Bargeld aus der Wohnung verschwunden waren. Da fiel ihm ein, dass er doch noch ein Ersatzhandy im Auto hatte. Trotz der Schwäche, die noch in seinen Gliedern steckte, schaffte er es in die Tiefgarage, und kurze Zeit später hatte er das Telefon in den Händen. Er schaute wie gebannt auf das Display, und ein leises Summen drang in sein Gehör. Er erstarrte für einen Augenblick und drehte sich ängstlich nach allen Seiten um. Kamen diese Hexen wieder?

Erleichtert atmete er auf, als er sah, dass sich niemand in seiner Nähe befand. *Der Schreck sitzt mir wohl noch zu sehr in den Gliedern,* dachte er noch, als er die Nummer seines Chefs wählte. Nachdem Georg ihm seine Story erzählt hatte, empfahl ihm sein Chef, die Polizei einzuschalten.

35

München, Montag mittags

Alexander ließ diese Story einfach nicht mehr los. Wie konnte es bloß möglich sein, dass es so viele Opfer in ganz Deutschland gab, ohne dass die Polizei auch nur die geringste Spur hatte?

Er hatte die ganze Nacht über diesem Fall gebrütet, allerdings war er zu keinem Ergebnis gekommen. Nun wartete er auf den Anruf von Drea, die ihm gestern am Abend mitgeteilt hatte, dass der einzige Verdächtige, den sie im Moment hatten, tot sei und sie, Franziska und Michael auf die Wache müssten. Da läutete sein Telefon, allerdings war es nicht Dreas Nummer, die auf dem Display erschien.

»Hallo Frau Schafstall.« Alexanders Muskeln spannten sich an. Schließlich war sie die Reporterin und er nur ein Niemand, der gerade bei einer Zeitung angefangen hatte. Hatte er etwas falsch gemacht?

»Hallo Alex. Und jetzt nennen Sie mich doch endlich Stefanie. Wir sind doch … Kollegen.«

»Ähm … ja.« Das war das Einzige, was ihm einfiel.

»Alex, mich hat dieser Fall einfach nicht in Ruhe gelassen, und ich habe mir erlaubt, da ein wenig nachzuforschen. Ich hoffe, Sie wissen, das Exklusivrecht auf die Story hab ich mir natürlich schon gesichert. Nur dass wir gleich mal unsere Grenzen abstecken.«

»Ja, natürlich. Das war mir klar. Mich beschäftigt auch, was da wirklich dahintersteckt.«

»Ich habe meine Erkenntnisse natürlich auch schon der Sonderkommission berichtet. Aber bis die erst in die Gänge kommen ... na ja, Sie wissen schon. Also, ich höre nun auf, um den heißen Brei zu reden. Ich hab ein wenig recherchiert und mit einigen Kollegen aus den anderen Bundesländern gesprochen. Alle Opfer sind Epileptiker. Nein, warten Sie. Ich formuliere neu: Alle Opfer haben seit ihrer Entführung epileptische Anfälle, wenn sie elektronische Geräte, die eine Internetverbindung haben, aktivieren.«

»Was? Wirklich?«

»Ich konnte natürlich noch nicht mit allen sprechen. Dazu ist die Zeit zu knapp gewesen. Aber die Vermutung, dass es bei allen gleich ist, liegt nahe. Zumindest bei elf der siebenundzwanzig – nein, mittlerweile sind es achtundzwanzig, wenn man den Mann von heute in der Früh mit dazurechnet. Vielleicht ist da wirklich etwas an dem Fluch dran.«

»Ich glaube nicht an Hexen, und an einen Fluch schon gar nicht«, sagte Alexander, obwohl in seiner Bauchgegend ein mulmiges Gefühl aufstieg.

»So, das waren genug Infos, würde ich sagen. Ich hoffe, ich konnte ein wenig helfen.«

»Danke, ja. Zumindest ist nun ein Zusammenhang ersichtlich. Wenn ich mir auch nicht sicher bin, ob der mich weiterbringt.«

Stefanie lachte. »Es ist mehr als nichts. Also, ich hoffe doch, falls Sie das Rätsel lösen, dass ich die Erste bin, die Sie anrufen.«

»Natürlich. Klar doch. Danke Ihnen.« Das Gespräch wurde beendet. Alexander blieb mit seinen Gedanken zurück.

Anfälle bei Inbetriebnahme von elektronischen Geräten, klang es durch seine Gehirnwindungen. Wurden die deswegen alle aus den Wohnungen der Opfer entfernt? Aber wozu das Ganze? Es machte noch immer alles keinen Sinn. War es doch ein … *Nein, sicher nicht.* Er schüttelte den Kopf, um die Gedanken aus dem Hirn zu bekommen. Das eine musste mit dem anderen etwas zu tun haben. Aber was?

Er erschrak, als das Handy in seiner Hand vibrierte. Er war tatsächlich so in Gedanken versunken gewesen, dass er vergessen hatte, es beiseitezulegen. Erleichtert sah er den Namen ›Drea‹ auf dem Display aufleuchten und nahm das Gespräch entgegen.

»Hallo Drea. Was gibt es Neues? Habt ihr etwas bei der Polizei rausfinden können?«

»Hey Alex. Na ja, rausfinden … Die halten sich halt zurück mit ihren Aussagen. Unser Hauptverdächtiger hatte Zugriff auf diese Facebook-Seite. Wobei das ja auch nichts Neues ist. Es wurde nur unser Verdacht bestätigt. Diese Info nützt uns nun aber auch nichts mehr. Das Einzige, was wir nun sicher wissen, ist, dass sich diese Umfragen auf der Facebook-Seite mit den Foltermethoden und den Angaben der Opfer decken.«

»Sehr mysteriös. Das ergibt alles keinen Sinn«, murmelte Alexander. »Ich hab auch etwas Neues für euch. Mein Telefonat mit Stefanie Schafstall hat ergeben, dass elf der mittlerweile achtundzwanzig Opfer seit ihrer Entführung an epileptischen Anfällen leiden, wenn sie elektronische Geräte mit Internetanbindung benutzen.«

»Hmm«, sagte Drea. »Elektronische Geräte mit Internetanbindung, die einen Anfall auslösen. Diese wurden doch aus den Wohnungen gestohlen. Und die neu gekauften lösen das aus? Das ist ja richtig krass. Und weiter? Was hast du noch in Erfahrung gebracht?«

»Das ist ja das große Problem. Da hört es auch schon wieder auf. Ich kann mir keinen Reim darauf machen, was da wirklich los ist und warum das Ganze passiert.«

»Ich denke, wir sollten nochmals zu Ertl fahren. Wir müssen herausfinden, welche Geräte er neu gekauft hat und ob er auch diese Anfälle hat. Vielleicht bringt er ein wenig Licht ins Dunkel.«

»Aber geht euer Flug nicht schon um sechzehn Uhr?«

»Vergiss den Flug. Ich hab schon umgebucht. Das Ganze hier ist viel zu spannend, als dass ich jetzt nach Hause fliegen könnte. Wir machen es so: Wir treffen uns um siebzehn Uhr bei uns in der Wohnung. Ich will mich noch duschen, bevor wir loskönnen, und etwas zu essen wäre auch nicht schlecht. Heut war es ein wenig hektisch.«

»Okay, bis später dann.«

36

Bottrop, Montag nachmittags

›So‹, schrieb Birgit in das geöffnete Chatfenster. ›Es hat sich einiges geändert. Ich möchte euch darüber informieren, dass wir in Zukunft nur noch binnen achtundvierzig Stunden operieren. Wir müssen aufpassen, dass die Polizei uns nicht erwischt.‹

Sie sah unzählige kleine Fotos auf dem Bildschirm. Es waren eindeutig mehr Männer als Frauen. Es schien fast so, als wären alle pünktlich zum Treffpunkt erschienen.

›Die Anweisung kommt von ganz oben‹, fügte sie dem Text noch hinzu und drückte auf die Entertaste.

Sofort kamen die ersten Antworten. Dann tauchte die erste Frage auf: ›Funktioniert das in dieser Zeit überhaupt?‹

Birgit schrieb: ›Das Programm wurde geändert. Ich habe euch die neue Datei bereits hochgeladen. Bitte zukünftig diese verwenden. Der neue Ablaufplan ist bereits bei euren jeweiligen Gruppenführern.‹

Birgit wartete noch einige Minuten ab und sah, wie sich der virtuelle Raum wieder leerte. Dann loggte auch sie sich aus und lehnte sich in ihrem Sessel zurück.

Gedankenverloren schaute sie aus dem Fenster. Ihr Blick fiel auf den Hundezwinger vor dem Haus, der derzeit noch einsam und verlassen war, bald aber wieder einen neuen Bewohner bekommen würde.

37

München, Montag nachmittags

»Wo bleibt denn bloß Franziska?«, fragte Drea laut, obwohl ihr die Frage wohl keiner der Anwesenden beantworten konnte. Erneut schaute sie auf die Uhr an der Wand. Die Zeiger bewegten sich langsam. Zu langsam.

»Es ist doch gerade erst fünf nach fünf«, meinte Michael. »Sie wird schon noch kommen. Hab doch ein wenig Geduld.«

»Das sagt mir derjenige, der bei der Verteilung der Geduld beim lieben Gott aufgestanden und gegangen ist, weil es ihm zu lange gedauert hat.« Drea zwinkerte Michael zu.

»Und du bist freiwillig mit mir währenddessen zum Schaukeln gegangen. Überreden musste ich dich dazu nicht. Geduld ist auch nicht deine Stärke.« Michael lachte.

»Ihr zwei seid ein süßes Paar.« Alexander schaute zu Drea, die als Antwort nur schmunzelte.

Da klopfte es an der Wohnungstür. Drea sprang vom Sofa auf, schnappte sich ihre Jacke und rannte zur Tür. Sie war dort noch nicht angelangt, da sprach sie zu den beiden: »Kommt ihr? Wir fahren los.« Doch als sie öffnete, erstarrte das Lächeln auf ihrem Gesicht. Vor ihr stand nicht wie angenommen Franziska, sondern die beiden Polizisten Ottmeier und Maskler.

»Guten Tag, die Herrschaften«, sagte Ottmeier und trat einen Schritt in die Wohnung ein. »Gut, dass wir Sie antreffen. Wollten Sie gerade gehen?«

»Ähm … guten Tag«, sagte Drea. »Ja, wir wollten gerade … spazieren gehen. Es ist doch so ein schöner Tag.«

»Aha«, sagte Ottmeier und schaute aus dem Zimmerfenster. Dunkle Wolken hingen am Himmel. Jeden Moment würde es zu regnen beginnen.

Drea sah seinen Blick und seufzte. »Okay, wir wollten zu dem Herrn Ertl. Wir haben doch neue Erkenntnisse gewonnen. Vielleicht kann er uns weiterhelfen.«

»Sie wissen schon, dass Sie keine Polizistin sind und Sie kein Recht auf Auskunft haben, oder?«

»Klar weiß ich das. Aber ich nehme an, Sie sind nicht gekommen, um mir das mitzuteilen. Das hatten wir heute doch schon mal.«

»Wo waren Sie heute in der Zeit zwischen dreizehn und fünfzehn Uhr?«

»Was?«, fragte Drea und glaubte, dass sie sich verhört hatte.

»Wo Sie in diesem Zeitraum waren, habe ich Sie gefragt«, wiederholte Ottmeier.

»Sagen Sie mal, spinnen Sie? Sie sagen mir sofort, was hier los ist.«

»Den ersten Satz habe ich überhört, ja?«, sagte Ottmeier, und sein Kollege Maskler drängte sich ebenfalls in die Wohnung. »Frau Summer. Heute gegen vierzehn Uhr wurde Frau Lieselotte Grauhein aus ihrer Wohnung, die sich zwei Querstraßen von der Polizeistation entfernt befindet, entführt. Die Nachbarin konnte eine Täterbeschreibung abgeben. Es waren drei Personen. Davon zwei mit weiblicher Statur. Die angegebenen Körpergrößen würden zu Ihnen, Ihrem Mann und Franziska Becker passen. Sie stehen alle unter Tatverdacht. Die drei Täter hatten schwarze Sturmmasken. Aber die Nachbarin will gesehen haben, dass bei der einen Frau braune Locken herausschauten. Sie verstehen, warum wir Sie verdächtigen?«

»Sie wollen mich auf den Arm nehmen, oder? Es gibt Tausende von Menschen, die die gleiche Größe, Statur und Haarfarbe haben wie ich beziehungsweise wie wir. Und wir sind die einzigen Verdächtigen, die Ihnen einfallen? Weil ich Ihnen helfen wollte, einen Fall zu lösen, den Sie ja eindeutig selbst nicht lösen können? Direkt nach dem Verhör sind wir hierhergefahren. Und ja, wie Sie sehen, sind wir immer noch hier.«

»Wie gesagt, Sie drei waren zu dem Tatzeitpunkt in der Nähe der Wohnung. Die Täterbeschreibung passt auf

Sie drei. Und das Motiv für Ihre Tat werden wir noch herausfinden.«

»Wissen Sie«, sagte Maskler. »Es gibt Täter, die nur vorgeben, der Polizei helfen zu wollen. Das ist wie eine Art Trophäe für diese Leute, wenn sie beobachten können, wie die Polizei im Dunkeln tappt. Sie verstehen?«

»Bitte«, sagte Drea. »Ich bin Thrillerautorin. Die einzigen Verbrechen, die ich begehe, geschehen in meinen Büchern. Klar habe ich Interesse an diesem Fall. Schließlich war der Typ auch auf meiner Lesung und ist jetzt tot. Und das mit dem Hexenritual find ich megaspannend. Wenn Sie mich deswegen festnehmen wollen, dann nur zu.« Drea streckte ihm ihre Hände entgegen.

»Nehmen Sie Ihre Hände wieder runter«, sagte Ottmeier mit einem scharfen Tonfall. »Ich gehe davon aus, dass Sie nichts dagegen haben, dass wir Ihre Wohnung durchsuchen, oder?«

Noch bevor Drea antworten konnte, mischte sich Maskler in das Gespräch ein: »Wo ist denn Frau Becker?«

»Franziska?«, fragte Drea. »Die kommt gleich.«

»Also waren Sie nicht mit ihr zusammen?«, hakte Maskler nach.

»Nein. Sie ist zu sich nach Hause gefahren. Sie wollte sich ein wenig ausruhen.«

In diesem Moment kam Franziska um die Ecke gebogen. Sie sah ein wenig abgehetzt aus. Schweißperlen standen ihr auf der Stirn. Abrupt blieb sie stehen, als sie die beiden Kommissare erkannte.

»Da ist ja Frau Becker«, sagte Ottmeier. »Schön, Sie auch hier anzutreffen. Wo waren Sie heute in der Zeit zwischen dreizehn und fünfzehn Uhr?«

Nachdem Franziska kurz verschnauft hatte, antwortete sie: »Zu Hause war ich. Mein Auto ist nicht angesprungen, deswegen bin ich jetzt nicht pünktlich. Warum wollen Sie das wissen?«

Noch bevor Ottmeier antworten konnte, sagte Drea: »Die Herren verdächtigen uns, dass wir heute Nachmittag eine Frau entführt haben.«

»Eine Frau? Entführt?« Fassungslos blickte Franziska zwischen allen Beteiligten hin und her.

»Meine Damen«, sagte Maskler und hob beschwichtigend seine Hand in die Höhe. »Wir haben Sie alle nur befragt. Nicht mehr und nicht weniger. Keiner wird festgenommen. Zumindest vorerst nicht. Dennoch ist es Ihnen bis auf Weiteres untersagt, die Stadt zu verlassen. Haben Sie das verstanden? «

Drea schüttelte verständnislos den Kopf. Sie konnte es nicht fassen, dass sie so einer Tat verdächtigt wurde.

Nachdem sich die beiden Kommissare überzeugt hatten, dass die Sturmmasken, die die Nachbarin beschrieben hatte, nicht in der Ferienwohnung waren, sagte Michael, der mit seiner Hand in Richtung Tür wies: »Das war es jetzt, meine Herren?«

Die Kommissare nickten und wünschten einen guten Tag.

Minuten später waren die vier beim Auto angelangt. Drea setzte sich hinein, doch plötzlich bekam sie ein mulmiges Gefühl.

»Wem gehört dieses Auto?«, fragte sie. »Und wo hast du das so schnell herbekommen?«

»Das ist von einer Freundin«, sagte Franziska. »Sie hat es mir geborgt, bis meines wieder funktioniert.«

Vielleicht lag es daran, dass Franziska einen Deut zu schnell geantwortet hatte. Dreas Bauchgefühl ließ sie nicht los, deswegen fragte sie: »Warum bist du zu spät zu unserem Treffen gekommen? Ich meine, niemand kann sich binnen zehn Minuten ein Auto besorgen.«

»Doch, wenn man gute Freunde hat, dann schon. Wird das jetzt ein Verhör, Drea?«, fragte Franziska und drehte sich zu ihr um.

»Nein, ich war nur neugierig. Alles gut.«

Oh Mann, jetzt werde ich schon paranoid. Ich muss aufhören, meine Gedanken preiszugeben. Diese Kommissare machen mich ganz kirre.

38

München, Montag abends, kurz vor Sonnenuntergang

Wieder standen die vier vor dem Haus von Roland Ertl. Drea fragte sich, wie sie bloß die Fragen stellen sollte, die in ihrem Kopf herumschwirrten. *Neukauf der elektronischen Geräte? Welche Marke? Vielleicht war auch der Internetanbieter interessant! Hatte er auch solche Anfälle? Wie oft schon? Wodurch ausgelöst?*

Drea drückte den Klingelknopf. Nichts rührte sich. Kein Geräusch drang aus dem Haus nach draußen. Doch, da war ein Geräusch. Drea legte ihr Ohr an die Haustür und lauschte. Sie hörte eine Frauenstimme. Leider konnte sie nicht verstehen, was diese sagte. Aber Herrn Ertl hörte sie nicht.

Drea zuckte heftig zusammen, als die Klingel erneut schrillte. Sie drehte sich zu Michael und funkelte ihn böse an. »Du bist so doof. Ich hab mich zu Tode erschreckt. Kannst du mir da vorher nicht Bescheid geben?«

Michael grinste nur.

Alexander stieg von der Treppe hinunter und ging zur Ecke des Hauses. Von dort gab er ein Zeichen, dass sie alle zu ihm kommen sollten. »Schaut mal. Hier flackert ein Licht. Da ist jemand in dem Zimmer.« Er zeigte auf ein Fenster. Der Fenstersims lag gut einen Meter über ihnen, sodass sie keinen Blick von dem Inneren erhaschen konnten.

Da hörten sie wieder die Stimme der Frau. »Diesmal werde ich mich an dir rächen«, erklang es durch das leicht geöffnete Fenster. Alle vier schauten sich an und nickten einander zu. Schnell schlichen sie sich wieder auf die Vorderseite.

In Dreas Kopf sprudelten alle Möglichkeiten auf einmal auf sie ein. Das Erste, was ihr einfiel, war, dass sie den Ersatzschlüssel suchen musste, der hoffentlich in der Nähe der Eingangstür lag. Sie hob die Blumentöpfe einen nach dem anderen hoch. Jedes Mal stieß sie einen Seufzer aus, wenn darunter nichts als Dreck war.

Michael hingegen machte sich an der Eingangstür zu schaffen. Er drückte die Klinke nach unten, und die Tür ging auf. Fassungslos blickten die anderen drei ihn an. »Ihr beide bleibt hier«, sagte Michael zu Drea und Franziska und machte einen Schritt ins Innere des Hauses. Gleich darauf folgte Alexander, der so aussah, als würde er lieber in die entgegengesetzte Richtung laufen. Trotz alledem setzte er mutig einen Fuß vor den anderen.

Drea wäre nicht Drea, wenn sie vor der Tür stehen geblieben wäre. »Du rufst die Kommissare an, okay? Sie sollen hierherkommen«, flüsterte sie Franziska zu und betrat ebenfalls das Haus.

Dann ging alles sehr schnell. Ein schriller Schrei aus

einem der Nebenräume. Drea schnappte sich den erstbesten Gegenstand und rannte damit in die Richtung, aus der der Schrei kam.

39

München, Montag abends

»Also ehrlich jetzt«, sagte Ottmeier zu Maskler und griff nach seiner Jacke. »Diese Autorin mit ihrer Truppe geht mir gewaltig auf den Keks. Jetzt ruft die Becker hier an und behauptet, dass jemand im Haus von dem Ertl ist und diesen umbringt. Die haben sie doch nicht mehr alle.«

»Es hilft nichts. Wir werden dort hinmüssen. Und dann nehmen wir die alle in Gewahrsam. Kann doch nicht sein, dass die *Miss Marple* spielen. Wo kämen wir da hin, wenn das jeder machen würde?«

Minuten später fuhren die beiden mit dem Dienstwagen aus der Hofeinfahrt. Maskler steuerte das Auto in den stockenden Verkehr.

»Glaubst du, dass die alle etwas mit dem Fall zu tun haben?«, fragte Maskler. »Ich meine, besonders die Autorin und ihr Mann sind hier ja nicht ansässig. Und nur wegen Sensationsgier diese Entführung von Lieselotte Grauhein? Das passt meiner Meinung nach nicht ganz ins Bild. Davon abgesehen, diese Summer war zum Zeitpunkt der Entführung von Roland Ertl nicht mal in München. Das hab ich überprüft. Also, weswegen wollen wir sie nun festnehmen?«

»Du vergisst die Täterbeschreibung, die wir haben. Das sind eindeutig die drei gewesen. Wir nehmen die alle mit auf die Wache, und dann wird schon einer einknicken und uns endlich verraten, was hier für ein böses Spiel gespielt wird. Vielleicht sind die drei nur Trittbrettfahrer.«

»Stimmt. Motiv wäre wirklich Sensationsgier. Das kann gut möglich sein, dass du recht hast.«

Ottmeier konnte nicht mehr antworten, da in diesem Moment ein Funkspruch hereinkam.

»An alle verfügbaren Einsatzkräfte. In der Ludwig-Brück-Straße, Höhe des Lagerplatzes, wurden von den Anrainern mehrere maskierte Menschen gesehen, die anscheinend eine leblose Person in einen der Container gebracht haben.«

»Jetzt müssen wir uns entscheiden, wo wir als Erstes hinfahren«, meinte Ottmeier.

»Ich denke, zu Herrn Ertl. Dort werden wir zuerst nach dem Rechten sehen.«

Ottmeier nickte nur.

Das konnte ja noch heiter werden. Eine Autorin auf Mörderjagd. Als ob er nicht schon genug andere Fälle zu lösen hätte.

40

München, Montag abends

Drea stürmte mit Geschrei in das Zimmer und erstarrte, als sie Roland Ertl am Boden sah. Im ersten Moment sah sie kein Blut. Auch im zweiten Moment nicht. Sie blickte in die fassungslosen Gesichter von Michael und Alexander, die keinen Meter von dem bewusstlosen Mann entfernt standen. Ertls Körper durchzuckte es wie Blitze.

»Was tust du hier drinnen?«, zischte Michael in ihre Richtung. »Und was willst du mit der Fernbedienung in der Hand?«

»Ich hab den Schrei gehört. Ich wollte nur helfen.« Drea trat auf den Mann zu. Allerdings war sie sich unschlüssig, was zu tun war. Nach kurzem Zögern schnappte sie sich ein Kissen, das in der Nähe lag, und versuchte, es dem krampfenden Mann unter seinen Kopf zu legen. »Ich kann mich an den Erste-Hilfe-Kurs erinnern. Da hat man mir beigebracht, dass man gar nichts tun sollte, solange der Krampf noch anhält. Wir müssen nur achtgeben, dass er sich nirgends verletzen kann. Also alles in seiner Nähe wegräumen, woran er sich wehtun könnte.«

Alle drei blickten sich suchend im Zimmer um und stellten fest, dass nichts Gefährliches in seiner Reichweite war. Langsam ließen die Zuckungen nach und hörten nach einigen Minuten komplett auf.

Drea kniete neben Roland Ertl und redete beruhigend auf ihn ein. »Der Krankenwagen ist unterwegs. Die Polizei kommt auch gleich.«

»Hier drinnen war niemand«, sagte Alexander und deutete auf den Laptop, der auf dem Tisch stand und einen Film abspielte. »Ich denke, von dort kam die Stimme.«

Roland Ertl kam langsam wieder zu Bewusstsein. Zuerst bewegte er seine Gliedmaßen, gleich darauf öffnete er die Augen. Die Tränen rannen ihm wie Sturzbäche über die Wangen. Im ersten Moment schreckte er vor Drea zurück, die seinen Kopf stützte, doch gleich darauf erkannte er sie.

»Was ... was machen Sie hier?«, sagte er, und sein Blick irrte im Zimmer umher.

»Wir haben einen Schrei gehört« erwiderte Drea. »Deswegen sind wir hier bei Ihnen.«

Er setzte sich auf und betrachtete seine Hose, die einen nassen Fleck im Schritt aufwies. »Ich hab mir schon wieder in die Hose gemacht«, murmelte er vor sich hin.

»Das heißt, Sie hatten auch schon öfter diese Art von Anfällen?«

»Wieso ›auch‹?«

»Weil das auch einige der anderen Opfer berichtet haben. Diese Anfälle, wenn sie elektronische Geräte mit Internetzugang benutzen.«

Roland Ertl fuhr sich durch das Haar. Drea hatte sofort das Gefühl, dass er ihnen etwas verschwieg. Allein sein Blick verriet Drea alles.

»Geben Sie es zu«, sagte sie. »Sie wissen mehr, als Sie uns verraten wollen.«

»Aber woher …?« Er brach mitten im Satz ab und richtete seinen Blick zu Boden.

»Also, wir helfen Ihnen nun auf die Füße. Dann setzen wir uns hin, und Sie erzählen uns alles, was Sie wissen.«

Ertl seufzte und nickte schlussendlich. Michael und Alexander griffen ihm unter die Arme und richteten ihn auf. Langsam ließen sie ihn in den Sessel gleiten, der in der Ecke neben einem Regal stand, das bis unter die Decke mit Büchern vollgestopft war.

»Die Polizei kommt gleich«, sagte Franziska, die soeben den Raum betrat. »Ottmeier meinte, wir sollen uns auf keinen Fall von der Stelle rühren. Wie geht es ihm?«

»Mal sehen«, sagte Drea und drehte sich Ertl zu. »Ich glaube, er hat uns etwas zu sagen. Also, raus mit der Sprache.«

»Alles fing vor zwei Jahren an«, sagte der Mann und hielt einen Moment lang inne. Es fiel ihm sichtlich schwer, darüber zu sprechen. »Anfangs war es nur ein-, zweimal im Monat. Doch irgendwann wurde es wie eine Sucht. So wie ein Messie Dinge sammelt, habe ich eben Bücher gesammelt.«

Drea schaute ihn verdutzt an. »Bücher gesammelt? Das ist doch kein Verbrechen. Ich sammle auch Bücher. Du doch auch, Franziska. Also, was hat das mit den Anfällen zu tun?«

»Ich sammle alle Arten von Büchern, die ich über das Internet beziehen kann«, sagte Ertl und machte eine Pause, bevor er weitersprach. »Sie müssen verstehen, anfangs habe ich den Zusammenhang wirklich nicht verstanden. Aber jetzt … jetzt ist mir alles klar. Das kann nur mit den Büchern zusammenhängen. Es ist ein Fluch.« Er vergrub sein Gesicht in den Händen und schluchzte.

Drea schaute in die Runde. Doch Michael und Alexander zuckten mit ihren Schultern. Sie blickte zu Franziska, die regungslos dastand und den Mann ansah.

»Ich verstehe leider nicht, was dies mit den Büchern zu tun hat. Jeder kann sich doch Bücher im Internet kaufen …«, sagte Drea, wurde aber von Ertl unterbrochen.

»Kaufen?«, schrie er plötzlich. »Kaufen kann ich mir alles. Ich hab mir die Bücher von Foren downgeloadet. Verstehen Sie? Kostenlos geholt. Das ist der Fluch, der jetzt auf mir lastet.«

Drea blieb die Kinnlade offen. Hatte sie richtig verstanden, dass illegale Downloads von E-Books der Grund für das alles sein sollten?

»Aha«, sagte sie, denn zu mehr war sie im Moment nicht imstande.

Dann plapperte Roland Ertl weiter: »Gestern hab ich mir seit Langem ein E-Book gekauft. Ich wollte meinen Verdacht austesten, verstehen Sie? Und es passierte nichts. Ich konnte es runterladen und lesen. Kein Anfall.«

»Und heute wollten Sie sich eines über ein Portal holen. Als Beweis für Ihre Theorie«, sagte Michael und schaute auf den Bildschirm, auf dem ein neues Fenster aufgegangen war.

»Ja, genau so ist es. Zuerst passierte auch nichts. Bis auf dieses Summen in den Ohren. Aber ich drückte auf den Downloadknopf, und ab ging die Post bei mir.«

»Also halten diese Anfälle nur so lange an, wie der Download dauert?« Michael kratzte sich am Kinn.

»Der erste Anfall kam, als ich auf den Button zum Runterladen gedrückt hatte. Und als der erste Anfall vorbei war und ich mich ein wenig erholt hatte, wollte ich das Buch öffnen. Dazu kam ich aber nicht, da erneut ein Anfall ausgelöst wurde. Verstehen Sie? Ich wurde verflucht, weil ich E-Books geklaut habe.«

»Sagen Sie, Sie haben doch erzählt, dass es sich bei diesen Frauen um Hexen gehandelt hat«, sagte Drea.

»Wie kommen Sie darauf? Sie haben doch keine davon beschreiben können.«

»Die hatten doch alle so schwarze Kutten an, und dann dieser merkwürdige Singsang. Das können nur Hexen gewesen sein.«

»Aber es erklärt nicht, warum die elektronischen Geräte auf Ihrem Haus entfernt wurden.«

»Darüber habe ich auch schon nachgedacht. Wissen Sie, was ich glaube? Es wurden nur Geräte gestohlen, mit denen man sich illegal E-Books besorgen kann. Und die Investition eines Neukaufes dieser Geräte war ein Teil der Strafe.«

Drea legte einen Finger auf ihr Kinn. »Das würde natürlich Sinn ergeben.«

41

München, Montag abends

Ottmeier betrat das Haus von Roland Ertl, dicht gefolgt von Maskler. Sie hörten die Stimmen, die sich miteinander unterhielten, und schlichen ihnen mit gezogenen Waffen entgegen. Ottmeier entspannte sich, als er den Mann quietschlebendig im Sessel sitzen sah.

»Was ist hier los?«, fragte er. »Und was suchen Sie hier schon wieder?«

»Wir haben das Rätsel gelöst«, sagte Drea und ging einen Schritt auf die Kommissare zu.

»Ich wusste nicht, dass das hier ein Spiel ist«, murmelte Ottmeier und biss sich auf die Lippe. Er wandte sich an Roland Ertl und fragte: »Brauchen Sie einen Krankenwagen?«

Ertl schüttelte den Kopf.

»Wir wissen, warum die Männer und Frauen entführt werden.« Drea stemmte ihre Hände in die Hüften und schaute den Kommissar herausfordernd an.

»Klar, die Hobbydetektive haben den Fall gelöst. Im Nebenzimmer haben Sie vermutlich auch die Täter festgenommen, was?« Ottmeier schnaubte verächtlich.

»Ich muss es Ihnen auch nicht erzählen, was wir herausgefunden haben. Wie Sie wollen! Kommt, wir gehen.«

»Sie bleiben alle hier«, befahl Ottmeier. »Nur damit das klar ist. Und jetzt spucken Sie schon aus, was Sie wissen. Fassen Sie sich kurz.«

»Wenn Sie schon so lieb und nett fragen«, sagte Drea und setzte ein amüsiertes Lächeln auf. »Es geht hier um den Diebstahl von E-Books.«

Ottmeier schaute sie erstaunt an. »Wenn es möglich wäre, dann könnten Sie etwas ausführlicher werden, damit wir auch verstehen, worum es geht.«

»Diese Gruppe von Frauen entführt Menschen, die E-Books illegal aus dem Internet downloaden. Durch diesen Fluch – ich nenne es Fluch, obwohl ich mir sicher bin, dass es hierfür eine andere Erklärung gibt – bekommen die Opfer eine Art Anfall, wenn sie weiterhin versuchen, illegal an Bücher zu kommen. Und die Geräte, die gestohlen wurden, sind ein Teil der Strafe.«

»Klingt noch immer sehr mysteriös. Finden Sie nicht?« Noch bevor Drea antworten konnte, kam erneut ein Funkspruch herein.

»An alle Einsatzkräfte. Weitere Unterstützung für den Lagerplatz in der Ludwig-Brück-Straße wird angefordert. Spezialkräfte der Technik sollten sich ebenfalls dort einfinden.«

»Was heißt das? Spezialkräfte der Technik?«, fragte Drea.

»Das geht Sie doch überhaupt nichts an.« Ottmeier machte eine wegwerfende Handbewegung.

»Geht es da um die entführte Frau von heute Mittag?«

Ottmeier seufzte. Dann nickte er.

»Also, Sie haben sie gefunden. Die Täter auch?«

»Bitte! Hören Sie doch auf mit Ihren Fragen. *Ich* stelle hier die Fragen!«

Drea grinste. »Ach, kommen Sie schon. Geben Sie mir doch ein paar Infos. Ich erwähne Sie auch in meinem Buch, ich verspreche es Ihnen. Was gibt es Schöneres für einen Autor, als einen authentischen Fall in seinem Buch zu haben?«

Ottmeier schaute zu seinem Kollegen Maskler, der nur grinste und den Raum verließ. »Hören Sie. Wehe, Sie erwähnen mich, das gibt Ärger, klar?« Drea nickte, und er fuhr fort: »Also, Spezialteam der Technik heißt, dass die Spurensicherung kommen muss mit einem Techniker. Anscheinend haben die Kollegen vor Ort technische Geräte gefunden, die hochspeziell sind.«

»Und was ist mit der Frau?«, fragte Drea nach.

»Das kann ich Ihnen beantworten«, mischte sich Maskler ein, der soeben wieder das Zimmer betrat. »Ich habe gerade mit der Zentrale gesprochen. Die Frau wurde in einem Container gefangen gehalten. Außer einem Stuhl und einem Telefon mit SIM-Karte, das mit einem Lautsprecher verbunden war, der an der Wand hing, war dort nichts. Einige Mitglieder dieser Bande wurden verhaftet. Aber die meisten sind über die Bahngleise entkommen.«

»Wirklich? Sie haben die Täter erwischt?«, sagte Franziska.

»Herr Kollege«, sagte Ottmeier und zischte die restlichen Worte in Masklers Richtung. »Du kannst doch nicht mit Zivilisten über einen Fall reden.«

Doch Maskler grinste nur. »Sie ist Autorin und braucht guten Stoff für ihre Bücher. Also, ein wenig was kann ich ihr schon erzählen. Wer weiß, vielleicht schreibt sie ein Buch über diesen Fall und wird Bestsellerautorin. Da fällt mir ein, ich hätte dann noch gerne ein Autogramm von Ihnen. Falls Sie wirklich berühmt werden, kann ich mich glücklich schätzen, Sie kennengelernt zu haben. Vor allem kann ich es beweisen.«

»Maskler, du hast einen Vogel. Echt!«, sagte Ottmeier und tippte sich mit dem Zeigefinger an die Stirn.

42

Bischweier, Montag abends

Silke saß wie gebannt mit ihrem Telefon in der Hand auf dem Sofa. Bei all den Vorsichtsmaßnahmen, die sie ergriffen hatten, waren doch einige ihrer Schwestern erwischt worden. Sollte sie aussteigen aus der Gruppe? Wenn man sie schnappen würde beim nächsten Täter, dann konnte sie ihre Anstellung beim Kindergarten vergessen. Und nicht nur das. Ihr ganzes Leben wäre zerstört. Schnell googelte sie, was das Höchststrafmaß für Entführung war.

»Von einer Geldstrafe bis zu fünf Jahren Gefängnis«, murmelte sie vor sich hin. Für einen kurzen Moment schloss sie die Augen und sah ihr Leben vor sich. Dieses Leben, das sie sich so sehr erträumt hatte. Mit zwei Kindern in einem großen Haus mit Garten. Seufzend legte sie das Handy neben sich auf das Sofa und starrte auf die weiße Wand in ihrem Wohnzimmer. Wie würde wohl ihr Ehemann darauf reagieren, wenn er erfahren würde, was sie getan hatte? Würde er sie verlassen? Oder doch zu ihr stehen? Würde er sie vielleicht sogar verstehen?

Das Läuten ihres Handys riss sie aus ihrer Gedankenwelt.

»Ja?«, meldete sich Silke.

»Mach dir keine Sorgen. Alle werden dichthalten. Aber wir müssen die Seite schließen. Sie haben Claudia Stadler erwischt.«

»Was? Das ist gar nicht gut. Okay, ich werde das sofort veranlassen.« Mit diesen Worten beendete sie das Gespräch. Sie meldete sich in dem Programm an und merkte sofort, dass hier etwas nicht stimmte.

Scheiße. Sie sind drinnen! Ein kalter Schauer durchfuhr ihren Körper und ließ das Blut in ihren Adern gefrieren. Sofort loggte sie sich wieder aus und hoffte inständig, dass keiner ihren kurzen Besuch bemerkt hatte.

Dann dachte sie an Sören. Zumindest kurz war er bei Bewusstsein gewesen. Hatte er sie erkannt? Würde er sie verraten? Ein kleiner Teufel, der auf ihrer Schulter saß, flüsterte ihr ins Ohr: *Klar wird er dich verraten. Was hat er noch zu verlieren?*

Die ersten Tränen kullerten über ihr Gesicht. Es war zu spät. Sie hatte alles verloren.

Warum nur hatte sie vor einem Monat auf der Buchmesse Birgit kennengelernt? Mit ihr hatte alles angefangen, die ganze Scheiße hier, in der sie jetzt saß. Warum nur hatte sie Ja gesagt, als Birgit sie fragte, ob sie ihre Lieblingsautoren unterstützen wolle?

»Warum?«, schrie Silke und hämmerte mit ihren Fäusten auf ihre Stirn. Schluchzend ließ sie die Hände auf den Schoß sinken, und die salzige Flüssigkeit bahnte sich sturzflutartig den Weg über ihre Wangen.

Ihre Gedanken kreisten weiter um das Helfen-Wollen. Natürlich, Lieblingsautoren gehörten unterstützt. Aber doch nicht so! Dabei hatte alles so schön angefangen. Zuerst die Ernennung zu einer der zwölf, die eine Kutte tragen durften. Silke fühlte sich an diesem Abend wie eine Königin, als sie die Kutte überstreifte. Das Auswendiglernen der lateinischen Formel, die ja nur den Zweck hatte, etwas vorzutäuschen und Angst zu verbreiten. Doch erst Sören, der wie paralysiert durch den Drogenrausch zurück ins Auto gezerrt und wie Abfall abgelegt wurde, öffnete ihr die Augen. Ging diese Art der Bestrafung nicht doch ein wenig zu weit? Sie war doch *nur* eine Thrillerleserin. Ganz im Gegensatz zu den meisten anderen Mitgliedern, die durchaus auch namhafte Buchblogger oder selbst Autoren waren. Bei den Gruppenmeetings, die alle zwei Wochen stattfanden, waren gut und gerne fünfzig Leute dabei. Männer und Frauen aller Altersschichten und Berufsgruppen. Bis gestern war Silke noch fest davon überzeugt gewesen, das Richtige zu tun. Dass dieser Weg die einzige Möglichkeit war zur Eindämmung der illegalen E-Book-Downloads.

»Wenn ich doch nur gewusst hätte ...« Sie hob ihren Kopf und starrte auf die Wand, wo das Hochzeitsfoto hing und sie in ihrem weißen Prinzessinnenkleid strahlte wie die Sonne am Sommerhimmel.

43

»Ich verstehe nicht, warum du diese Truppe hierher mitkommen lässt. Es sind und bleiben Zivilisten«, sagte Ottmeier zu Maskler, als sie auf dem Weg zum Verhörraum zwei waren, in dem eine der festgenommenen Frauen saß.

»Vielleicht können die doch etwas dazu beitragen. Davon abgesehen bleiben es Zeugen.«

Ottmeier murmelte etwas in seinen nicht vorhandenen Bart. *Was sollten die schon Großartiges zur Lösung beitragen?*

Er öffnete die Tür und staunte nicht schlecht, als er eine blonde junge Frau auf dem Stuhl sitzen sah, die ihn mit ihren blauen Augen anblitzte. Sie hatte eine Kutte an, die Kapuze hing lässig im Nacken.

»Und Sie sind Frau Stadler, nehme ich an«, sagte Ottmeier und öffnete die Akte, die vor ihm auf dem Tisch lag.

Claudia Stadler antwortete nicht. Sie nuschelte etwas Unverständliches daher.

»Frau Stadler. Ihre Rechte wurden Ihnen verlesen. Sie haben auf einen Anwalt verzichtet. Also, sagen Sie uns, was wollten Sie von Lieselotte Grauhein? Warum haben Sie und die anderen Frauen sie entführt?«

»Indulge, fatum, nobis exorcizare cupiditatem, retundere cupiditatem, expellere cupiditatem. Per ego ...«

Ottmeier unterbrach sie schroff. »Jaja, schon gut. Sie können mit Ihrem Beschwörungszauber aufhören. Das glaubt Ihnen doch kein Mensch.«

Claudia richtete ihren Blick auf den Tisch und fixierte einen Punkt darauf. Dann begann sie, mit ihrem Oberkörper leicht hin und her zu wippen. Es sah fast so aus, als würde sie eine Séance abhalten. Fehlte nur noch, dass sich ihre Augäpfel nach hinten drehten und nur noch das Weiße erkennbar wäre.

»Frau Stadler. Ich weiß genau, dass Sie mich verstehen. Also, was hat es mit dem Programm auf Ihrem Handy auf sich? Die SIM-Karte ist auf Ihren Namen angemeldet. Was sollte diese Musik, die Sie dem Opfer vorgesp...« Ottmeier blickte nochmals in seine Akte, weil er glaubte, sich verlesen zu haben. Nein, da stand definitiv, dass in dieser MP3-Datei auf dem Handy von Frau Stadler nichts zu hören war, sie aber eindeutig eine Tonspur enthielt. Es handelte sich hierbei um eine Aufzeichnung, die in den Frequenzbereich oberhalb von 14,5 Kilohertz transformiert worden und somit für das menschliche Ohr nicht mehr wahrnehmbar war.

Plötzlich klopfte es an der Tür, und ein Kollege trat ein.

»Kollege Ottmeier, können Sie kurz mitkommen? Ihr Gast im Nebenzimmer hat Ihnen etwas zu sagen.«

Ottmeier seufzte und schaute genervt zu Maskler. »Welcher Gast denn? Hast du mir etwas zu sagen?«

Maskler räusperte sich. »Die Thrillerautorin ist im Nebenzimmer, und ich hab ihr erlaubt, bei dem Verhör dabei zu sein. So als Recherche. Da kann sie einiges lernen. So dachte ich mir das jedenfalls.«

»Das ist nicht dein Ernst, oder?«, sagte Ottmeier und sprang von seinem Stuhl auf, sodass dieser mit einem lauten Knall auf dem Boden aufkam. »Sie glaubt wohl, dass sie Fräulein Oberschlau ist. Es ist dein Verdienst, dass sie mich nervt, also darfst du gefälligst mitkommen.«

44

Drea hörte Hauptkommissar Ottmeiers Worte: »Was sollte diese Musik, die Sie dem Opfer vorgesp…«

Da fiel es ihr wie Schuppen von den Augen. *Natürlich! Das ist die Lösung!*

»Bitte«, sagte Drea und wandte sich an den Polizisten, der an der Tür stand. »Holen Sie sofort Herrn Ottmeier her. Ich weiß, wie die Frauen das gemacht haben.«

Dieser nickte nur und verließ das Zimmer. Keine Minute später stand auch schon Ottmeier mit seinem Kollegen Maskler vor ihr. Ottmeier war hochrot im Gesicht. Drea stellte sich vor, dass seine Nasenflügel vibrierten und er dann aussah wie ein wild gewordener Stier. Sie musste aufpassen, dass sie nicht zu lachen begann.

»Was wollen Sie denn? Wir sind mitten in einem Verhör!«

»Erstens kenne ich Frau Stadler. Zwar nicht persönlich, aber über Facebook. Sie ist eine Buchbloggerin. Und zweitens weiß ich, was es mit dieser, ich nenne es mal Musik, die man nicht hören kann, auf sich hat. Ich nehme an, Ihre Kollegen haben einen sekundenlangen Teil von

Musik auf dem Handy gefunden und danach war nur noch Stille zu hören. Stimmt's?«

»Sie kennen diese Frau? Und woher haben Sie diese Informationen? Wollen Sie nun doch ein Geständnis ablegen?« Ottmeier grinste und deutete auf seine Handschellen.

»Kriege ich nun eine Antwort?« Etwas genervt schaute sie ihn an.

»Auf der MP3-Datei war nichts zu hören«, warf Maskler ein. »Also zumindest für das menschliche Ohr nicht. So steht es im Bericht der Analyseabteilung. Ich hab das allerdings noch nicht verstanden, wofür man das aufnimmt, wenn Menschen es gar nicht hören können.«

»Dachte ich mir. Das Ganze ist eine Art des unterbewussten Trainings. Ich bin selbst Mentaltrainerin und habe mit dieser Methode gearbeitet. Mentales Training sagt Ihnen was, Herr Ottmeier? Würde Ihnen auch helfen, etwas ruhiger zu werden.« Sie zwinkerte ihn an.

»Blabla. Und? Weiter? Ich hab nicht ewig Zeit. Kommen Sie zum Punkt.«

»Eigentlich ist es ganz einfach. Man nimmt eine Affirmation auf …«, sagte Drea und wurde von Ottmeier unterbrochen.

»Geht das auch auf Deutsch?«

»Klar, Sie wollten es doch als Kurzfassung«, sagte Drea und grinste ihn frech an, bevor sie weiterredete. »Also, der Ablauf ist folgendermaßen. Ich erkläre Ihnen, wie ich es mit meinen Kunden gemacht habe, ja? Und Sie unterbrechen mich nicht, sondern hören einfach nur zu.«

Ottmeier nickte.

»Also, ein Kunde kam zu mir und wollte positiv denken lernen. Somit habe ich eine Entspannungsübung eingesprochen auf meinem PC. Also so was wie ›Ich bin ganz ruhig, Gedanken kommen und gehen gleich wieder‹ und so weiter. Dann habe ich mir bestimmte Sätze, so wie in diesem Fall: ›Ich denke positiv, ich handle positiv, ich bin positiv‹, herausgenommen und diese auf Dauerschleife wiederholen lassen. Können Sie mir folgen?«

»Nicht ganz, aber erzählen Sie weiter«, sagte Ottmeier in einem recht freundlichen Tonfall.

»Als ich mit diesen Sätzen, die Affirmationen heißen, fertig war, habe ich mit einem Programm die ganze Aufnahme auf einen höheren Frequenzbereich gebracht und somit alles still gemacht. In den ersten circa dreißig Sekunden spielte ich hörbare Musik ein, damit man die Lautstärke daran ausrichten kann. Diese still gemachten Sätze bedeuten, dass nur das Unterbewusstsein sie aufnimmt und nicht das menschliche Bewusstsein. Somit hat der Kunde keinerlei Kontrolle und kann das Gehörte nicht blockieren, weil er es nicht bewusst hört. Das Ganze nennt sich *silent subliminals*. Verstehen Sie?«

»Aha«, sagte Ottmeier, aber sein Blick verriet ihr, dass er noch nicht ganz begriffen hatte, worauf sie hinauswollte.

»Das Ziel ist, das Unterbewusstsein anzusprechen. Damit unser Bewusstsein das Gehörte nicht blockieren kann. Ins Unterbewusstsein kommt alles ungefiltert. Dort kann man alles neu programmieren. Also falsche Glaubenssätze umprogrammieren, wenn Sie das so sehen wollen. Ist wie bei einem Computer, dem man ein Update aufspielt.«

»Und warum dann diese Entführungen?«

»Da geht es, so vermute ich zumindest, um den geistigen Zustand. Je labiler der Geist, was in diesem Fall durch die Torturen ja erreicht wurde, umso besser wirken diese *silent subliminals*. Auch die Verabreichung von Drogen würde ins Bild passen, da ein berauschter Zustand erwirkt wird, der sich natürlich auch auf den menschlichen Geist auswirkt.«

Ottmeier schaute Drea überrascht an. Er war sichtlich beeindruckt von ihren Ausführungen. »Das bedeutet, die Opfer wurden geistig umprogrammiert?«

»Genau. Das funktioniert sogar sehr gut. Ich nehme an, alle Opfer wurden ständig mit diesen neuen Glaubenssätzen beschallt, ohne es zu bemerken. Und anscheinend wurde ein Mechanismus eingebaut, der den Körper bei einem Fehlverhalten in eine Art Schockzustand versetzt. Also wie ein Schalter, der sich umlegt.«

»Und wie kann man diese Datei nun wieder hörbar machen?«, fragte Ottmeier.

»Das geht leider nicht mehr. Auch nicht, wenn man das Programm hat.«

»Ich werde diese Info an die Technik weitergeben. Vielleicht können unsere Spezialisten das.«

45

München, Dienstag morgens

»Ich lese dir den Bericht vor«, sagte Drea zu Michael und blätterte den *Münchner* auf.

Gestern Abend wurde eine Gruppe von Frauen festgenommen, die über einen Zeitraum von mehreren Wochen Männer und Frauen entführt und misshandelt hatte. Der leitende Hauptkommissar Ottmeier gab uns in den frühen Morgenstunden ein kurzes Interview. Er erzählte uns, dass es sich hierbei um eine Art der Bestrafung handele. Das Motiv sei anscheinend der E-Book-Diebstahl über verschiedene illegale Plattformen im Internet. Unter den festgenommenen Personen befindet sich auch eine österreichische Lehrerin namens Claudia Stadler. Sie soll angeblich die Drahtzieherin hinter dieser Gruppierung sein. Nähere Informationen wollte uns Hauptkommissar Ottmeier nicht geben. »Wir bitten die Bevölkerung um Mithilfe«, sagte er noch zum Abschluss des Gespräches. Einige Personen sind beim Zugriff der Polizei entkommen. Sollten Sie etwas Auffälliges in Ihrer Nähe bemerken, ersuchen wir Sie, sich umgehend unter der Notfallnummer zu melden. Sollten Sie eines der

betroffenen Opfer dieser Gruppierung sein, melden Sie
sich bitte kostenlos bei der eingerichteten Hotline.

»Es ist zum Kotzen. Mit keinem Wort erwähnt er mich. Schließlich hab ich ihm wichtige Hinweise geliefert. So ein eingebildeter Idiot.« Drea schlug die Zeitung zu und warf sie auf den Tisch.

»Reg dich nicht auf, Schatzi. Zumindest können wir nun endlich nach Hause fliegen. Der Fall ist gelöst.«

»Ich weiß nicht. Hier in München vielleicht. Aber diese Fälle sind doch überall in ganz Deutschland passiert. Das kann nicht nur diese eine Gruppierung gewesen sein.«

»Die Polizei wird schon ihre Arbeit machen. Denkst du nicht?«

»Weißt du, einerseits verstehe ich das Handeln dieser Frauen. Ich meine, es ist schon schlimm, was da täglich aus dem Internet heruntergeladen wird. Autoren, Musiker, Filmemacher … alle werden um ihren Verdienst betrogen. Andererseits ist das schon krass, was die gemacht haben.«

»Es waren ja auch einige Leser, die dabei mitgemacht haben. Aber dass diese Claudia eine der Drahtzieherinnen sein soll? Du hattest doch mit ihr Kontakt, oder nicht?«

»Ja, erschreckt mich auch ein wenig. Ich weiß nicht, was ich darüber denken soll. Sie war immer hilfsbereit und hat mir bei der Werbung für meine Buchbabys geholfen.«

46

Bottrop, einen Monat später

Sören betrat das Kaffeehaus und ging auf den Mann mit dem schütteren braunen Haar zu, der an einem der Tische saß und mit den Fingern auf die Tischplatte trommelte. Sörens Hände zitterten vor Anspannung, und auch sein Herzschlag verdoppelte sich, als er näher kam.

»Hallo Georg«, sagte Sören und streckte ihm die Hand entgegen. »Schön, dass du gekommen bist.«

Georg erwiderte seinen Händedruck, und Sören setzte sich ihm gegenüber.

»Ich bin froh, dass du mir geholfen hast«, sagte Georg. »Dafür bin ich dir ewig zu Dank verpflichtet. Ohne dich wäre ich krepiert.«

Sören nickte zustimmend. »Es war für mich selbstverständlich, dir zu helfen. Und ich bin froh, das Ganze ohne größeren Schaden überlebt zu haben.«

»Na ja, so stimmt das auch wieder nicht. Es dauert eine Zeit lang, sagt zumindest mein Psychotherapeut, bis wir wieder normal leben können.«

»Ja, das stimmt schon. Aber eines sag ich dir, auch wenn diese Anfälle vorbei sind. Nie wieder in meinem Leben lade ich mir etwas illegal herunter.«

»Ich auch nicht«, meinte Georg. »Das war mir eine Lehre.«

»Also, laut Polizei haben sie die Gruppe geschnappt. Zumindest einen Teil der Leute. Was denkst du? Machen die anderen weiter?«

»Ehrlich gesagt will ich das gar nicht so genau wissen. Dann bekomme ich wieder Albträume. Über die bin ich mittlerweile hinweg, durch die Hypnose.«

»Da hast du vermutlich recht. Besser, wir wissen es nicht.« Sören hob sein Glas Wasser vom Tisch hoch und prostete Georg zu. »Auf uns und unser neues Leben. Und dass uns nie wieder so ein Höllentrip passieren wird.«

Epilog

München, zwei Monate später

Franziska lehnte sich zufrieden in ihrem Stuhl zurück. Das neue Programm hatte sie soeben von ihrem Freund Bernd bekommen und sofort auf ihren PC geladen. Nun würde keiner mehr Zugriff auf dieses haben. Zumindest niemand, der nicht darüber Bescheid wusste. Auf ihrer Bloggerwebsite hatte sie einen eigenen Bereich eingerichtet, eine versteckte Unterseite für sich und ihre Mitstreiter.

»Ich kriege euch alle, ihr Arschlöcher«, sagte sie zu ihrem Bildschirm, auf dem viele rote Punkte aufleuchteten.

In den letzten zwei Monaten hatte sie in dieser Gruppe allein das Sagen gehabt. Für einen kurzen Moment schloss sie die Augen und dachte an Cornelius und an die Entstehung des Kampfes. Die Pläne, die sie gemeinsam geschmiedet hatten. Zuerst waren es nur der Einbruch in die Häuser der Täter und die Mitnahme von Readern, Laptops und Handys. Doch schnell kamen die beiden zu dem Ergebnis, dass dies nicht fruchtete und die Täter sich einfach neue Geräte anschafften. Somit kam Cornelius die Idee mit dem Umprogrammieren des Unterbewusstseins. Anfangs versuchten sie, den Tätern die Affirmationen im Schlaf vorzuspielen. Doch erst Franziskas Vorschlag mit den Entführungen und dem Hexenclub brachte den Durchbruch.

Franziska musste lachen, als sie an die lateinischen Worte dachte, die sie sich von ihrer besten Freundin Michaela hatte übersetzen lassen. Allein das Wort *Exorcizare* ließ alle in dem Glauben, dass es sich hierbei um eine Teufelsaustreibung handelte. Nie im Leben hätte Franziska gedacht, dass es so viele Anhänger geben würde, die sie bei ihrem Vorhaben unterstützten.

Das Lächeln in ihrem Gesicht verschwand, und vor ihrem geistigen Auge erschien das Bild von Cornelius, der sie mit ungläubigem Blick anstarrte, als er mit dem Messer in der Brust vor ihr auf den Boden sank. Er war ein lieber Kerl gewesen, aber er hatte beseitigt werden müssen. Nie im Leben hätte die Polizei sie geschnappt, wenn nicht Cornelius auf die absurde Idee dieser Facebook-Seite gekommen wäre. Ihm war es wichtig, auch die Meinungen der geschädigten Autoren zu kennen. Das hatte er nun davon. Nun war er tot. Und ehrlich gesagt, es musste immer einen geben, der den Märtyrer spielte.

Sie seufzte, stand auf und holte sich ein Glas Cola aus der Küche. Schluckweise trank sie davon und starrte geistesabwesend aus dem Fenster. Ihr Handy klingelte in ihrer Hosentasche, und sie nahm das Gespräch entgegen.

»Hallo Birgit. Was gibt es?«

»Hey. Also, den einen haben wir erfolgreich kuriert. Der lädt sich nie wieder etwas illegal herunter.« Birgit lachte.

»Das ist gut. Ich bin froh, dass wir unsere Strategie geändert haben. Es ist eine gute Idee gewesen, dass nur über Nacht zu machen und mit den K.-o.-Tropfen zu arbeiten. Keine Entführung, keine angsteinflößenden Methoden. Seither haben wir Ruhe vor der Polizei. Ich habe nichts mehr darüber in der Zeitung gelesen.«

»Darauf kommt keiner. Schade ist nur, dass wir unsere Kutten nicht mehr brauchen. Das hat schon viel Spaß gemacht. Ich kam mir wirklich vor wie in einem Hexenclan. Allerdings darf so ein Ausrutscher wie bei dieser Nadine Brauner ...« Birgit stockte mitten im Satz.

»He, das konnte ich doch nicht ahnen, dass diese Kuh stirbt. Woher sollte ich wissen, dass die eine Überempfindlichkeit gegen die Drogen hatte? Ist halt so. Hätte sie keine E-Books illegal aus diesen Foren runtergeladen, dann würde sie heute noch leben. So einfach ist das.«

»Ja, vermutlich hast du recht. Sie ist doch selbst schuld daran.«

»Ich schicke dir gleich eine neue Adresse zu. Auch sie gehört auf den rechten Weg gebracht.«

»Klar, ich kümmere mich in den nächsten Tagen darum.«

-ENDE-

Hier die Übersetzung der lateinischen Worte. Danke an Michaela Klinger, die mit mir in stundenlanger Kleinarbeit diese Schwurformel zu Papier brachte:

Erlaube, Schicksal, uns auszutreiben die Sucht, stumpf zu machen die Sucht, zu vertreiben die Sucht. Bei der schwarzen Finsternis schwöre ich, ich werde dich herausziehen aus der Sucht. Reich werden wir zurückkehren. Wir werden dich austreiben, verschlossene Seele, und von Ketten löse ich dich. Ich bitte, Schicksal, bei meinen Schwestern und bei deinen Schwestern der bedeckten und schicksalsverkündenden Nacht.

Lieber Leser, liebe Leserin.

Herzlichen Dank für den Kauf dieses Buches. Ich hoffe zumindest, dass Sie es gekauft haben. ;-)
Warum ich dieses Thema gewählt habe, ist Ihnen mit Sicherheit durchaus bewusst. Gerade in der heutigen Zeit ist es sehr einfach, illegal herunterzuladen. Aber seien wir mal ehrlich, viele Bücher, die neu erscheinen, kosten gerade mal 0,99 €. Ist dieser Preis das Risiko wert, vielleicht in das Netz der Hexen zu geraten?
Ich möchte meine Worte an die richten, die kein Geld für meine Bücher bezahlt haben. Seid wenigstens so gut und spendet diese paar Euro, die ihr gespart habt, an das Tierheim Koblenz. Somit habt ihr zumindest einen Karma-Ausgleich geschaffen.

Tierschutzverein Koblenz und Umgebung e.V.
IBAN: DE24 5705 0120 0000 0480 58

Warum dieses Tierheim, fragen Sie sich bestimmt. Schauen Sie mal auf der Facebook-Seite Tierheim Koblenz vorbei. Jeden Tag sieht man dort ein Video mit den Bewohnern. Herzzerreißend sag ich euch <3

So wie in jedem meiner bisher erschienenen Bücher bedanke ich mich bei allen Mitwirkenden, die dieses

Buch, so wie Sie es jetzt in Ihren Händen halten, überhaupt erst möglich gemacht haben:

An erster Stelle kommt mein Lieblingsmensch. Du durftest mal in meinem Buch richtig mitwirken. Ist das nicht toll? *Besitos.*

An zweiter Stelle steht natürlich Sascha, mein absoluter Lieblingslektor. Ich bin so froh, dass ich dich habe. Du holst immer das Beste aus meinen Worten heraus. Tolle Arbeit.

An dritter Stelle, aber nicht weniger wichtig, kommen meine Testleserinnen Julia, Corinne, Daggi, Birgit, Sandra, Jenny, Franziska, Anja und Verena. Auch mein Autorenkollege Roland Blümel hat mich mit Rat und Tat unterstützt und tolle Anregungen gebracht. Ich liebe die Diskussionen mit euch. Danke, dass ihr mich immer produktiv unterstützt, egal um welche Art der Entscheidung es gerade geht.

Renee, mein Coverdesigner von Dream Cover and Art. Ich weiß gar nicht, was ich sagen soll. Du weißt immer ganz genau, was ich mir vorstelle und was zum Buch passt. Perfektes Cover. Danke dafür.

Auch einen herzlichen Dank an meinen Autorenkollegen Marcus Erhardt. Diesmal durfte er eine wichtige Rolle in meinem Buch spielen, was mir sehr viel bedeutet. Und nein, er wusste nicht, welches Thema das Buch hat. Danke dafür, dass du immer für mich da bist, wenn ich dich brauche.

An dieser Stelle möchte ich mich auch bei allen meinen Buchbloggern bedanken für die großartige Unterstützung, die ich bei jeder Buchveröffentlichung von euch bekomme. Und natürlich auch für den Spaß, den wir gemeinsam haben.
#Miteinanderstattgegeneinander

Und auch an Sie, liebe Leserin, lieber Leser, ein Dankeschön. Ich hoffe, es hat Ihnen Spaß gemacht und ich durfte Sie ein paar Stunden mit einer spannenden und für mich wichtigen Story unterhalten. Ich freue mich, Sie in meinem nächsten Buch wieder begrüßen zu dürfen.

Ihre
Drea Summer

Sie sind nichts wert

von Drea Summer

Gran-Canaria-Thrillertrilogie Band 1

Erhältlich als Ebook und Taschenbuch überall im Buchhandel.
ISBN-13: 978-3752847529

WO IST KATHARINA?
Katharina möchte mit ihrer besten Freundin einen entspannten Urlaub auf Gran Canaria verbringen. Bei einem Ausflug in die Berge mit zwei jungen Männern verschwindet sie spurlos. Inspektor Carlos Muñoz Díaz, leitender Beamter vor Ort, erhält durch ein Ermittlerteam aus Deutschland Unterstützung. Doch bereits kurz darauf überschlagen sich die Ereignisse: Katharinas Freunde verstricken sich in Widersprüche, eine düstere Spur führt bis zurück in die Kindertage der jungen Frau, und an den Dünenstränden von Maspalomas findet man eine weibliche Leiche.

Tu, was ich dir sage

von Drea Summer

Gran-Canaria-Thrillertrilogie Band 2

Erhältlich als Ebook und Taschenbuch überall im Buchhandel
ISBN-13: 978-3752846751

Als ein Toter auf dem Parkplatz des Zoos Palmitos Park auf Gran Canaria gefunden wird, ist es vorbei mit der ungetrübten Urlaubsidylle. Die Polizei kommt zu der Erkenntnis, dass es sich um einen Selbstmord handelt. Kurz darauf verschwindet der deutsche Urlauber Leo spurlos aus einer Diskothek in Playa del Inglés. Inspektor Carlos Muñoz Díaz ermittelt, doch bald entwickelt sich der Fall für ihn zu einer persönlichen Tragödie. Stück für Stück offenbart sich ein Abgrund unmenschlicher Abscheulichkeit.

Du bist mein Besitz

von Drea Summer

Gran-Canaria-Thrillertrilogie Band 3

Erhältlich als Ebook und als Taschenbuch überall im Buchhandel
ISBN-13: 978-3748166368

In einer Gasse in Playa del Inglés stirbt Svens Ex-Freundin Dörte in seinen Armen an einer Stichverletzung. Sven flieht Hals über Kopf, da er befürchtet, man könne ihm aufgrund seiner düsteren Vergangenheit die Schuld an Dörtes Tod geben. Die Prostituierte Aurelia, die in einem Bordell gegen ihren Willen festgehalten wird, vermisst ihre Freundin Malia, die seit Tagen verschwunden ist. Sie begibt sich auf eine gefährliche Suche.
Kurz darauf tauchen zwei weitere Leichen auf. Handelt es sich dabei um die Verbrechen eines Serientäters? Hat Sven doch etwas damit zu tun? Und wo hält er sich versteckt? Inspektor Carlos Muñoz Díaz ermittelt bereits in seinem dritten Fall mit seinem Kollegen Cristiano und seiner Verlobten Sarah.

Mit leisen Flügeln

von Drea Summer

Erhältlich als Ebook und als Taschenbuch überall im
Buchhandel
ISBN-13: 978-1976989698

Jeder bekommt, was er verdient.
Obwohl Tyler sein andalusisches Heimatdorf Adra nie
wieder betreten wollte, muss er nach dem Tod seines
Vaters dorthin zurückreisen, um den Nachlass seines
Vaters zu verwalten. Nach der Ankunft in Spanien trifft
Tyler auf seine Jugendliebe Blanca und wird schon bald
mit den Geistern der Vergangenheit konfrontiert.
Innerhalb kürzester Zeit überschlagen sich die Ereignisse
und eine grausame Mordserie überschattet die sonst so
friedliche Stille des kleinen Fischerdorfs. Ermittler
Alejandro Moreno Pirezo bekommt mit jedem Mord mehr
Fragen als Antworten präsentiert. Was ist das Motiv des
Killers und ist es Zufall, dass die Mordserie mit Tylers
Ankunft erst so richtig Fahrt aufnimmt? Wird er den
dunklen Geheimnissen auf die Spur kommen?

Ungerecht

von Drea Summer

Erhältlich als Ebook und als Taschenbuch überall im Buchhandel.
ISBN-13: 978-3749429387

Was würdest du tun, wenn man dir das Wichtigste nimmt?

In einem ruhigen Vorort von Graz bricht Christian Schmitz am frühen Morgen in die Villa des schwerreichen Verlegers Harald Moser ein. Er fesselt den überraschten Mann. Im Laufe des Vormittags lockt Christian einige Personen aus Mosers näherem Umfeld unter einem Vorwand in das Haus. Er überwältigt sie alle, und ein schreckliches Spiel beginnt, in dem Christian immer tiefer in einen Strudel aus Gewalt und Blutdurst hineingezogen wird. Was geschah in den letzten zwölf Monaten? Und was bringt einen Mann dazu, sich in einen brutalen Folterknecht zu verwandeln?